ぐ〜たら第三王子、牧場でスローライフ始めるってよ

Gu~tara Daisanoji,
Bokujo de Slowlife
Hajimerutteyo

2

著 雑木林《Zoukibayashi》

ill. ごろー*

シーコッコー
アルスの牧場の家畜。泳ぐことができる。
ルゥ
食いしん坊な狼獣人の少女。圧倒的な戦闘センスを持つ。
モモコ
元気な牛獣人の少女。牧場の家畜たちの司令塔。
アルス
草臥れたサラリーマンから転生した、イデア王国の第三王子。天職は【牧場主】。

登場人物紹介
ギャルルディーテ
常にハイテンションな
生殖と豊穣を
司る女神。
クルミ
伝説の勇者が
製作した全自動
胡桃割り人形。
サブマリンコッコー
アルスの牧場の家畜。
潜水を行える。
ピーナ
無邪気な
鳥獣人の子ども。
強い戦士に
憧れている。
アルティ
最強種
ドラゴンの少女。
とにかく
働くことが嫌い。
ルビー
辺境伯の娘。
天職は
【戦乙女】。
ゼニス
森人の大商人。
似非関西弁を
使う。

プロローグ

アルス・ラーゼイン・イデアという、何だか仰々《ぎょうぎょう》しい名前を持つ俺は、イデア王国の第三王子だった。

……ああいや、過去形ではなく、今も一応は第三王子なのだが、紆余曲折《うよきょくせつ》を経て王城から追放され、肩書だけの第三王子になっている。ちなみに転生者だ。

そんな俺は現在、辺境の片隅で牧場主として生活している真っ最中だ。権力こそ失ったものの、同時に色々な義務もなくなったので、所謂《いわゆる》スローライフというやつを満喫《まんきつ》している。

さて、ここで唐突だが、俺のスローライフを支えてくれる仲間、魔法、家畜《かちく》を順番に紹介しよう。

まず最初は、牛獣人のモモコ。彼女は緩やかなウェーブが掛かっている桃色の長髪と、深い海を思わせる藍色《あいいろ》の瞳を持つ少女で、頭部には牛の短い角《つの》と耳、臀部《でんぶ》には牛の尻尾が生えている。

小顔だが胸は大きく、牛獣人の名に恥じない美味《おい》しいお乳を俺たちに提供しており、それだけでも立派に役目を熟《こな》していると言えるのだが、彼女の主な仕事は魔物化した家畜たちの司令官だ。

二人目は狼獣人のルゥルゥ。仲間内での呼び方は『ルゥ』で、それが愛称になっている。彼女は絵に描いたような銀髪碧眼《へきがん》の美少女で、フサフサしている狼の耳と尻尾を生やしており、食いしん坊なのに身長が低くて、体型もかなりの細身だ。

マイペースで常に眠たげな目をしているので、パッと見ただけでは強者だと思えないが、その実態は紛うことなき英雄なので、俺たちの牧場の最高戦力となっている。

ルゥは荒事《あらごと》に滅法《めっぽう》強いので、有事の際はとても頼りになる。そんな彼女は普段、一生懸命《いっしょうけんめい》に畑の世話をしており、最近では収穫の時期を今か今かと待ち望んで、毎日そわそわしていた。

三人目は鳥獣人のピーナ。やや短めな彼女の髪は山吹色《やまぶきいろ》で、快活さを宿している瞳は優しげな翠《みどり》色《いろ》。小さなルゥよりも更に小柄で、白色ベースの肌には少し青みがある。

顔のパーツは殆《ほとん》どが人間のものだが、口だけが小鳥のくちばしのようにツンと尖《とが》っており、腕は翼《つばさ》と一体化したような形状で、モコモコしている白い毛に覆われた下半身は、膝《ひざ》よりも下が鳥類のものだった。

ピーナの主な仕事は家畜のコケッコーたちの世話であり、みんなに元気を分け与えるような働きぶりで、明るく日々を過ごしている。

四人目はドラゴンのアルティ。こいつはドラゴンの姿のままだと燃費《ねんぴ》が悪過ぎるので、今は省エネモードである人型の少女の姿をしている。

ちなみに、アルティの正式名は、アルティメット……なんとかドラゴンという、長ったらしい名前だが、多分もう誰も覚えていないだろう。

人型アルティの肌はエキゾチックな褐色《かっしょく》で、体型は黄金比と言って差《さ》し支《つか》えないほど均整が取れている。金色の瞳孔《どうこう》は縦に長く、髪色はドラゴンの姿だったときの鱗《うろこ》と同じで、煌《きら》めく星々を内包しているような宇宙空間を思わせる黒色だ。

髪の長さは、立っている状態でも自分の膝裏に届くほどで、全体的に外側へ跳ねるような癖毛となっており、頭頂部には自己主張の激しいアホ毛が生えている。

そんなアルティの主な仕事は……ない。こいつは『働いたら負け』、『労働なんてクソくらえ』と言って憚《はばか》らないダメな奴で、ドラゴンとしての誇《ほこ》りなんて欠片《かけら》も持ち合わせていないような、どうしようもないダメゴンだった。

最後に、山脈から牧場に移り住んできた鳥獣人たち。彼らは空を飛んで牧場周辺の見回りをしたり、コケッコーを育てたりと、大いに役立ってくれている。俺との関係も良好なので、今後とも長い付き合いになることだろう。

――俺のスローライフを支えてくれる仲間は牧場の外にもいるが、そちらの紹介はまた今度にして、次は魔法の紹介をしよう。

まずは軽く、下級魔法から。これは別名、『生活魔法』とも呼ばれており、一定の魔力があれば練習次第で誰でも使えるようになる魔法だ。敵に大きなダメージを与えられる攻撃力はないが、火を熾《おこ》したり、水を生成したり、身体能力を多少底上げしたり、身体や衣服の汚れを綺麗《きれい》にしたりと、非常に便利な魔法となっている。

続いては、俺の生活の根幹を担《にな》っていると言っても、過言ではない魔法──『牧場魔法』の説明だ。

この世界では、神様が人に天職を授けると言われており、人々は授けられた天職によって、様々な能力を使えるようになる。俺の場合は【牧場主】という天職を授かって、この牧場魔法を使えるようになった。

牧場魔法で出来ることは、現時点だと大きく分けて八つ。

第一の牧場魔法は、美味しい牧草を生やせる。魔力を込めれば込めるほど、美味しくなるらしいが……人間の俺は牧草を食べたりしないので、実際にどんな味なのかは分からない。

第二の牧場魔法は、家畜の怪我《けが》や病気を治せる。これはモモコやルゥたちにも使えるので、牧場魔法にとって俺の仲間たちは、どうやら家畜という判定らしい。モモコたちからすれば、甚《はなは》だ遺憾《いかん》だとは思うが、まあ便利なので許して貰いたい。

第三の牧場魔法は、家畜を綺麗に解体出来る。不思議なことに、肉を包む紙や血を入れる瓶《びん》、それに羽毛を入れる布袋など、解体時に用意した覚えのない付属品まで出てくるが、深くは考えないことにしている。

家畜に限らず、家畜が仕留めた獲物もこれで解体出来るので、俺は未だに素手で解体した経験がない。

第四の牧場魔法は、家畜小屋を建てられる。これは所謂『儀式《ぎしき》魔法』に分類される魔法で、魔力以外に『ラブ』という素材を使う必要があった。

ラブとは、家畜を牧場魔法によって解体することで手に入るハート形の結晶《けっしょう》だ。家畜小屋は破壊不可のオブジェクトで、内部の気温は家畜が過ごしやすいように調整されており、自動的に卵などの畜産物《ちくさんぶつ》を集めてくれる機能まで備わっている。

第五の牧場魔法は、家畜の品種改良。これによって家畜の肉質を向上させたり、身体を大きくして可食部を増やしたり出来る。そして更には、家畜を魔物化させて、牧場の戦力にすることまで可能だった。

魔物とは本来とても凶暴《きょうぼう》で、人の言うことなんて聞かない存在だが、品種改良によって魔物化した家畜であれば、俺の言うことをきちんと聞いてくれる。ちなみに、この魔法にも家畜のラブが必要だ。

第六の牧場魔法は、牧場内の気温調整。これのおかげで、この牧場では大抵の作物を育てられるようになった。家畜の飼育に役立つ魔法だが、現時点では農作物への恩恵《おんけい》の方が大きい。

第七の牧場魔法は、遠くにいる家畜の様子を窺《うかが》ったり、指示を飛ばしたり出来る。様子を窺う場合は液晶《えきしょう》テレビを使い、指示を飛ばす場合はマイクを通して行《おこな》う。この二つは魔法を使ったときに、ポンっと何処《どこ》からともなく出てくるのだが、製造元は一切不明だ。

第八の牧場魔法は、魔物を解体した際に得た素材やアイテムから、注射器を使って因子《いんし》を抽出し、その因子を家畜に注入するというもの。これによって、家畜を魔物化させたり、あるいは進化させたりする際に、一定の確率で突然変異《とつぜんへんい》が発生するようになる。ちなみに、この注射器もテレビやマイクと同じように、魔法を使うとポンっと出てくる便利仕様だ。

最後に紹介する魔法は、ワイバーンキングという魔物を解体した際に入手した王冠《おうかん》を使ったもの。これはマジックアイテムで、被《かぶ》っていると自分の支配下にある者たち全員の能力を、二割増しにする強化魔法を施せるようになる。

——魔法の紹介が終わったので、次は家畜の紹介に移る。

真っ先に紹介するべきは、家畜の中だと俺の生活に最も大きな貢献《こうけん》をしているコケッコーだろう。

こいつは白い羽毛と赤いトサカを持つ動物で……まあ、要するに鶏《にわとり》なのだが、この世界ではコケッコーと呼ばれている。デブっちょで丸みを帯びた身体をしており、可食部が多くて卵まで産んでくれるので、こいつらには足を向けて寝られない。

それと、この牧場で飼育しているコケッコーは品種改良の結果、通常よりも身体が一回り大きく、卵も多く産むようになっている。

そんなコケッコーには食料事情で大いに助けられている訳だが、こいつらの有用性はまだ語り尽くせていない。

なんと、コケッコーは魔物化させると、ガンコッコーという頼もしい戦力になるのだ。

この魔物は、テンガロンハットを被っているだけの茶色いコケッコーといった感じで、他には身体が一回り大きくなったことと、目付きが悪くなったことくらいしか、外見的な変化はない。

だが、お尻から卵型の石を弾丸のような速度で発射するという、強力な攻撃手段を得ている。

更に、ガンコッコーは通常進化させるとガトリングコッコーとなり、頭に被っているものが迷彩《めいさい》柄《がら》の戦闘用ヘルメットになって、お尻から銃身の長い機関銃《きかんじゅう》が生えてくる。こいつは機動力が低下した代わりに、毎秒三十発もの卵型の石を連射することが出来るので、攻撃力が非常に高い。

牧場にいるコケッコー系統の魔物は、他にもコカトリスという、鶏と蛇《へび》を足して二で割ったような巨大な魔物が存在している。

こいつはワイバーンの因子をガンコッコーに注入して、突然変異させた魔物だ。身体の大きさが五メートルほどもあり、その吐息によって猛毒や石化といった状態異常を敵にばら撒《ま》ける。しかも、お尻からは砲弾のような大きさがある卵型の石を発射するので、物理的な攻撃力も申し分ない。

……あ、それと、コケッコー系統の家畜と言えば、コケッコーの子供であるヒヨッコーもいる。ただ、こいつは一日で大人になるので、特筆すべき点はない。

牧場で飼育しているその他の家畜は、ジュエルハッチー、ベビーワイバーン、ウッシーの三種類。

ジュエルハッチーは色とりどりの宝石のような、とても美しい蜂蜜《はちみつ》を集めてくれる蜂で、まだまだ数は少ないが、将来的にはこの牧場の稼《かせ》ぎ頭《がしら》になってくれることを期待している。

ベビーワイバーンは以前に討伐《とうばつ》したワイバーンの王と妃《きさき》を解体した際に、ポロっと出てきた卵から孵化《ふか》した家畜だ。まだ幼いので戦力としては当てに出来ないが、何《いず》れは航空戦力になってくれることを期待している。

ウッシーは人から貰ったばかりだが、きっとこれから、美味しい牛乳と牛肉を俺たちに齎《もたら》してくれるだろう。

これら三種類の家畜に関しては数が少ないので、品種改良は出来ていないが、そこは伸びしろがあるとポジティブに考えている。

現在の家畜の内訳は、コケッコーが二百羽、ガンコッコーが五十羽、ガトリングコッコーが五羽、コカトリスが六羽、ジュエルハッチーが一世帯、ベビーワイバーンが二匹、ウッシーが四頭。

これだけでも既に中々の充実ぶりだが、俺は食生活をもっと豊かにしたいし、牧場を守る戦力は多ければ多いほど良いので、満足はしていない。

――だから、今回の物語はこの台詞から始めよう。
「俺たちの牧場生活は、まだまだこれからだ！」

1話　世界樹の果実とウッシー

白い雲が疎《まば》らに漂っている青空の下、俺とルゥは畑の奥にある何もない場所で、『世界樹《せかいじゅ》の果実』なるものを睨《にら》み付《つ》けていた。

それの見た目は、全長一メートルほどの巨大な胡桃《くるみ》だ。余りにも頑丈《がんじょう》過ぎる殻《から》に覆われており、最早その硬さは、この世に比肩《ひけん》するものが存在しないと思えてしまうほど。

この牧場を定期的に訪れる森人《もりびと》の商人、ゼニス曰《いわ》く、これは世界で最も美味な果実だと言う。なんでも、森人の里の中心にある世界樹が、数年に一度しか実らせない大変貴重なものだとか……。

滅多に里の外に出回らないものらしいが、どうしてそんな貴重品が俺たちの目の前にあるのか。

その理由は簡単で、この果実と俺が持っていたティアラを交換して貰いたいと、つい先日にゼニスから取引を持ち掛けられて、俺はそれを承諾したのだ。

俺が持っていたティアラとは、ワイバーンクイーンを解体した際に入手した代物で、配下を召喚《しょうかん》する魔法が使えるようになる強力なマジックアイテムだった。しかし、女性専用の装備であることと、魔力の消耗《しょうもう》が中々に激しいこともあって、俺の牧場では使える者がいなかった。

そのため、『世界樹の果実』というインパクトがある名前の貴重品と交換するなら、まあ良いかと思って、取引に応じた次第である。

「――ルゥ、今日こそは殺《や》れそうか？」

「……ん、頑張る。任せて」

俺が殺伐《さつばつ》とした雰囲気を醸《かも》し出《だ》しながら問い掛けると、ルゥはこくりと小さく頷いてから、上空へ向かって真っ直ぐに駆け出した。

ルゥは『羽付き靴《くつ》』という、宙《ちゅう》を駆けるためのマジックアイテムを装備しているので、このような人間離れした芸当が出来るのだ。

ルゥが思った以上に凄まじい一撃を放とうとしていることを察して、俺は慌てながら世界樹の果実から距離を取る。その間に、雲を突き抜けるほど高い位置まで駆け上がったルゥは、姿勢を逆さまにして再び宙を蹴り、今度は垂直に降下してきた。

【英雄】という伝説級の天職を授かっているルゥの脚力は、大気を轟《とどろ》かせて小さな身体を音速の域にまで加速させる。

そして――その勢いを余すことなく乗せた頭突きが、世界樹の果実に直撃した。

爆発にも似た衝撃音が鳴り響き、凄まじい暴風が吹き荒れて、余波を受けた俺の身体が紙切れのように宙を舞う。

「うわあああああああああっ!! ちょっ、死ぬ!! 死ぬぅ!!」

俺の悲鳴を聞きつけて、二匹のベビーワイバーンが颯爽《さっそう》と現れ、空中で見事に俺をキャッチしてくれた。

こいつらはまだ一メートル程度の大きさしかないので、一匹だけで俺を持ち上げることは出来ないが、二匹が力を合わせれば可能らしい。

心配そうに俺を見つめて、キューキュー鳴いている二匹の姿を見ると、どうしても愛着が湧いてきてしまう。ワイバーンの因子は大変優秀で、何れは解体も視野に入れている家畜だからと、名前を付けることはしていなかったが……付けちゃおうかな、名前……。

「うーん……。よしっ、付けるか。お前たちの名前は今日から、雄《おす》の方がソル、雌《めす》の方がルナだ。分かったか?」

俺が二匹のベビーワイバーンを順番に見遣《みや》ると、二匹とも嬉しそうにキューキュー鳴いた。こいつら、俺によく懐《なつ》いているんだ。

雄の方は瞳が太陽のような色をしているので、ソル。

雌の方は瞳が月のような色をしているので、ルナ。

安直だが、分かり易《やす》くて格好良い名前だろう。俺はソルとルナに指示を出して、地上にいるルゥのところへ向かって貰う。

地面には大きなクレーターが出来ており、その中心には自分の額を擦《さす》っているルゥと、掠《かす》り傷《きず》一つ付いていない世界樹の果実があった。

「……アルス。ルゥ、駄目だった。……ごめん」

ルゥはしょんぼりと肩を落として、恨めしげに世界樹の果実を睨んだ。俺はルゥの頭を撫でながら家畜ヒールを掛けて、少しだけ赤くなっている額を治す。

「ルゥは悪くないさ。強《し》いて言えば、こんなに硬いなんて教えてくれなかったゼニスが悪いよな……」

先日から何度も、世界樹の果実を割ろうと挑戦しているのだが、この分だと今の俺たちにはどうしようもない気がする。

ゼニスには後日、クレームを入れるとして……今はこの果実をどうするか決めよう。

もういっそ、埋めてみるか？　世界樹がにょきっと生えてきたら、この地では貴重な木材が手に入る訳だし、悪くない案かもしれない。

お誂《あつら》え向《む》きにクレーターが出来ているので、ここに緑肥《りょくひ》を沢山混ぜた土を入れて、早速だが世界樹の果実を埋めてみよう。

まあ、駄目なら駄目でもいい。俺は色々な種類の牧草を生やせるので、緑肥なら幾らでも用意出来る。この試みが失敗しても、世界樹の果実を掘り出して回収すれば済む話なので、何も失うものはない。

――世界樹の果実を地面に埋めた日の夕方、俺は一人でウッシーの様子を見に向かった。

ウッシーはまだ解体したことがないので、ラブを一個も入手出来ていない。そのため、専用の快適な家畜小屋はなく、余らせていたゲル――獣人から貰った巨大テントだ――を家畜小屋の代わりにしている。

俺がウッシーに宛《あ》てがったゲルの中に入ると、日中に牧草を思う存分食べていたウッシーたちは、気持ち良さそうな表情をしながらガッツリと交尾していた。……お邪魔しました。

牧場主として、家畜の繁殖《はんしょく》は喜ぶべきことなので、ウッシーの交尾に水を差すような真似はしない。俺はゲルの外で、交尾が終わるのをジッと待つ。

「…………よし、そろそろ終わったか」

せっせと励《はげ》む音が聞こえなくなったところで、俺は再びゲルの中に入り、ウッシーたちに家畜ヒールを掛けながらブラッシングをしてやった。

ウッシーはこの牧場に来てから日が浅い。それでも、新しい生活環境にストレスを感じている様子はないし、体調だって頗《すこぶ》る良さそうだ。

後はウッシーの出産を待って、お乳《ちち》が搾《しぼ》れるようになるのを待つだけだろう。

――と、そう思った矢先、リラックスしている雌のウッシーのおっぱいから、お乳がビュッと溢れた。

「あれ……？　牛って、出産してからお乳が出る哺《ほ》乳類《にゅうるい》だよな……？」

俺たちの牧場に来る前に、出産していたとか……いや、でもまあ、こいつは俺が知っている牛ではなく、ファンタジー世界の動物であるウッシーなので、微妙な違いがあっても不思議ではない。

牛獣人のモモコだって、出産とは関係なくお乳を出すので、ウッシーも同様である可能性は低くないはずだ。

とりあえず、折角なので試飲するべく、俺は空《から》のガラス瓶を持ってきてウッシーのお乳を搾った。

においは……普通の牛乳だ。舐《な》めるように少しだけ口に含むと、舌触りはとても滑《なめ》らかで、脂肪《しぼう》分《ぶん》がしっかりと感じられる濃いめの味わいだった。喉越《のどご》しはまろやかで、常飲しようと思えるくらいには美味しい。

この分なら、乳製品にも大いに期待が持てそうだ。バター、チーズ、ヨーグルト、アイスクリーム。作り方を曖昧《あいまい》にしか覚えていないものばかりだが、その辺りは手探りでやっていこう。

「――あっ、アルス！　こんなところで何してるのよ？」

俺がウッシーの身体に寄り掛かって牛乳を飲んでいると、ふらりとモモコがやってきた。

「何って……見ての通り、ウッシーの牛乳を試飲している真っ最中だ。モモコも飲んでみるか？」

牛獣人なのだから、牛乳には一家言《いっかげん》あるだろうと思って、俺はモモコにもウッシーの牛乳を勧めてみた。

するとモモコは身体をわなわなと震わせて――

「な、なぁ――っ、何ですってえええええええええええええ!?」

怒髪天《どはつてん》を衝《つ》く勢いで絶叫した。顔を真っ赤にして般若《はんにゃ》のような形相《ぎょうそう》を浮かべている様は、まるで悪鬼《あっき》そのものだ。モモコは牛獣人なので、あるいは牛鬼《ぎゅうき》と言った方が良いのかもしれない。

周囲のウッシーたちはモモコの怒気に当てられて、怯《おび》えながら身体を縮こまらせてしまう。

どうしてモモコが突然怒り出したのか、俺には全く理解出来ないので、こちらは恐怖よりも先に困惑が胸の内を占めていた。

「い、いきなりどうした？　何で怒っているんだ……？」

「いきなり!?　何ですって!?　惚《とぼ》けるんじゃないわよッ!!　今まさにっ、あたしはアルスの浮気現場を押さえたところなのよ!?」

「いや、いやいやいや、浮気って……身に覚えがないというか、そもそも俺とお前は別に、恋仲ではないというか……」

「あ、あんたねぇ……ッ!!　あたしのお乳っ、毎日毎日っ、雨の日も風の日も来る日も来る日もっ、美味しい美味しいって言って飲んでたでしょッ!?　それが何よっ、いきなり他の雌のお乳を飲み始めて、しかも悪びれもなくあたしの目の前で!!　有り得ないッ!!　ほんっっっとうに有り得ないんだからっ!!　し、し、しかも、しかもっ、あまつさえっ、『モモコも飲んでみるか？』ですってぇ!?　この変態《へんたい》ッ!!　ド変態ッ!!　あたしのお乳を飲んでるのにっ、浮気した上で浮気相手のお乳をあたしに飲ませようとするなんて!!　もうほんと意味わかんないッ!!　この異常性癖者《せいへきしゃ》ッ!!　ばかアルスっ!!　おたんこなすっ!!」

モモコは繰り返し俺を罵倒《ばとう》して、完全にヒステリーを起こしてしまった。

どうやら牛獣人は、自分のお乳を飲んでいる人が別の誰かのお乳を飲むと、浮気呼ばわりするらしい。それがたとえ、動物であるウッシーのお乳であっても。

……いや、なんだよそれ。意味わかんないって、どう考えても俺の台詞だよ。牛獣人の価値観が俺にはサッパリ分からない。しかも変態とか、異常性癖者呼ばわりまでされて、俺は一体どうすればいいんだ？

「ええっと、とりあえず、俺が悪かった……のか？　うん、まあ、悪かったよ。そんな気がする。ごめんな」

相手が自分には理解出来ないヒステリーを起こし始めたら、下手に刺激《しげき》するのは大変危険だ。こういう場合は、よく分からないけど謝っておくのが、俺の中では鉄則となっている。

よく分からないのに謝るなと、相手が更にヒステリーを悪化させることもあるが……だからと言って、こちらが正論パンチを繰り出すと、相手は物理的な攻撃を仕掛けてくる恐れがあるので、とにかく下手《したて》に出て謝り倒すしかない。

ただ、モモコの場合は俺が謝罪するのと同時に、ヒステリーをスッと引っ込めて、据《す》わった目を俺に向けてきた。……これはこれで、怖い。

「――アルス、約束して。もう他の雌のお乳は、絶対に飲まないって」

「い、いや、それは……乳製品とか、食べたいし……」

というか、雌のウッシーと張り合わないで貰いたい。お前は人なんだぞ。

「乳製品ならっ、あたしのお乳で作ればいいでしょ⁉」

モモコはそう叫んで、自らの巨大な胸をブンッと振り回し、その凶器で俺の頬を引《ひ》っ叩《ぱた》いた。物理的な攻撃はやめてくれ。

……まあ、乳製品ならモモコのお乳でも、作れなくはないんだろうけど……正直な話、俺はモモコのお乳を卒業したいんだ。

本人にそれを言うと、気落ちするか、あるいは狂乱《きょうらん》するかもしれないので言わないが、モモコのお乳を飲むのは今でも倒錯的《とうさくてき》な気がしてならない。味は間違いなく、超一級品の素晴らしいものだが……。

「ほら、あれだよ。モモコのお乳だけだと、売り物になるほどの量は確保出来ないから……」

俺が即興《そっきょう》で思い付いた言い訳を伝えると、モモコは俺に掴み掛かって身体を揺さぶってくる。

「売り物はそっちの雌のお乳で作りなさいよっ!! アルスが食べる分は、あたしのお乳を使えって言ってんの!!」

「ま、待て。俺には牧場主として、売りに出す畜産物の味見をする義務が——」

この後も、俺は儚《はかな》い抵抗を続けたが、モモコのパッションに終始押されて、結局は彼女の要求を全て呑むことになってしまった。

俺がモモコのお乳を卒業出来る日は、どうにも訪れそうにない。

2話　品種改良の可能性

——不毛の大地にはダンジョンが存在している。

そこは牧場から程近い場所にあって、今のところ人の脚が生えているハゼと、甲羅《こうら》がとても硬いカニの魔物が確認されており、前者はアシハゼ、後者はカタイガニという名称で俺たちは呼んでいる。

これらの魔物は当然のように好戦的だが、倒せれば貴重な海産物として美味しくいただける。しかも、ダンジョンには様々なお宝まで眠っているので、俺は定期的にガンコッコーたちをダンジョンへ送り込み、自分の身を危険に晒《さら》すことなく、ダンジョン産の利益を徴収《ちょうしゅう》していた。

阿漕《あこぎ》な方法だが、これは牧場主である俺の特権だ。

ダンジョン探索は基本的に、ガンコッコーとガトリングコッコーが現地へ赴《おもむ》き、そいつらをモモコが牧場からテレビで確認して、マイク越しに指示を出すという構図で成り立っている。

しかし、唯一の例外として、鳥獣人の戦士がダンジョン探索に交ざるときだけは、モモコの指示ではなく彼らの判断に委《ゆだ》ねて、探索を行わせている。これは、司令官としてのモモコを信頼していないという訳ではなく、鳥獣人たちの生死をモモコの責任にしないための措置《そち》だった。

……まあ、鳥獣人にも戦士としての誇りやら何やらがあるので、年若いモモコとしてもやり難くなるだろうし、こればかりは仕方がない。

ちなみに、鳥獣人たちがダンジョン探索に参加した場合でも、お宝は基本的に俺が全て徴収する。ただし、食料は有り余っているので、彼らが倒したアシハゼとカタイガニの可食部は、彼らの取り分だ。不平不満は全く聞こえてこないので、重畳《ちょうじょう》と言う他ない。

「ねぇねぇ、アルス！　ボクも大きくなったら、戦士になりたいッピ！　戦士はとっても格好いいッピよ！」

危険なダンジョンから食料を調達出来る戦士たちは、多くの鳥獣人にとって、憧《あこが》れの的になっていた。ピーナもまた、そんな鳥獣人の一人である。

普段は俺たちと寝食を共にしているピーナだが、数日に一度は親のところに帰って、そちらで寝泊まりをしている。鳥獣人の居住区画と俺たちのそれは、お互いに結構近い場所にあるので、別にどちらで寝泊まりしても大差はないのだが、そこは気分の問題らしい。

そんなピーナはつい先日、鳥獣人の居住区画に赴いていたのだが、そこで披露《ひろう》された戦士たちの自慢話に感化されて、自分も戦士になりたいと憧れを持ったそうだ。

「戦士になりたいって言っても、そんなに簡単じゃないだろ。そもそもピーナは、まだ天職すら授かっていないんじゃないのか？」

「でもでもっ、ボクはもうすぐ十二歳だッピ！　今から戦士になる準備を始めても、きっと遅くないッピよ！」

人間は十四歳で天職を授かるが、獣人は十二歳で天職を授かる。これは過酷《かこく》な環境下で生きている獣人に、神様が配慮《はいりょ》しているのか……あるいは、平均寿命《じゅみょう》のようなものが関係しているのだろう。

ピーナは今年の夏で十二歳を迎えるので、今から浮き足立っていた。興奮してパタパタと翼を動かしているので、物理的にも足が浮いている状態だ。

「うーん……。天職は自分じゃ選べないからなぁ……。期待しながら頑張って準備をしていると、戦闘系の天職じゃなかったときにガッカリするぞ？」

「でもボクっ、天職を授かるのが楽しみ過ぎて、居ても立ってても居られないッピ……!!」

この世界では、天職を授かるというのが人生における一大イベントなので、俺にはピーナの気持ちがよく分かる。

ピーナの仕事であるコケッコーの世話なら午前中に終わるので、午後は自由時間だ。その時間に戦士としての鍛錬《たんれん》を積むと言うのであれば、止めるつもりはない。

「――けど、ピーナが戦士になったとしても、ダンジョン探索へ行くのはやめて欲しいな。……百歩譲《ゆず》って、仮に行くことを許すとしても、未踏破《みとうは》の場所は絶対に駄目だ。それから、ガンコッコーたちも出来るだけ多く連れていって――」

「アルスは心配性だッピ。ボクはきっと、ルゥみたいに伝説級の天職を授かるから、心配しなくても大丈夫だッピよ？」

「いやいや、能天気過ぎるだろ。しかも期待値が無駄に高いし」

これは非常に心配だ……。ピーナは真面目で勤勉《きんべん》、そして頑張り屋なのだが、基本的におバカなので、俺の言い付けを僅《わず》か三歩で忘れることもある。

これはピーナが悪い訳ではなく、鳥獣人の種族特性のようなものだから、割とどうしようもない。

この種族、何の意外性もなく、鳥頭である。

「あっ、アルス！　ボク、一つ思い付いたことがあるッピ！　ボクたち鳥獣人は、コケッコーの家畜小屋に入れるッピよね？　だったら、コケッコーのラブを使って、ボクを強くすることも出来るはずッピ！　そうすれば、弱虫なボクでも立派な戦士になれると思うッピよ！」

牧場魔法で建てた家畜小屋は、使ったラブに対応した家畜しか入れない。コケッコーのラブならコケッコー系統の家畜だけだし、ハッチーのラブならハッチー系統の家畜だけだ。

「……ん？　それって、つまり……牧場魔法を使って、ピーナに品種改良を施《ほどこ》せってことか？」

「その通りッピ！　ちょっと力持ちにしてくれるだけでも、全然違うはずッピ！」

俺は獣人に品種改良を施すなんて、考えたこともなかったが……これは盲点《もうてん》だったな。こんな提案が鳥頭のピーナから出てくるなんて、世の中は分からないものだ。

獣人には家畜ヒールも効果があるし、コケッコー系統の家畜しか入れない小屋に鳥獣人が入れることも確認済み。であれば、コケッコーのラブでピーナに品種改良を施すことは、十分に可能な気がする。


——数分後。結果から言えば、その試みは大成功だった。

「ピーッ‼　凄いッピ‼　ボクの身体っ、とっても軽いッピよ‼」

「あんまりはしゃぎ過ぎて、俺を落とすなよ？　……これ、ネタ振りじゃないからな？」

ピーナは今までの三割増しくらいの速度で、軽《かろ》やかに空を飛んでいる。しかも、両足で俺の肩を掴み、この身体を運んでいる状態で。

ベビーワイバーンのソルとルナが、それは自分たちの役目だと言わんばかりに、キュイキュイ鳴きながらピーナの周りを飛ぶ。けれど、テンションが上がっているピーナは、全く気にせず更に加速した。

「アルスっ、風が気持ちいいッピね！　このまま何処までも行けそうだッピ！」

「俺は寒いし怖いなぁ……。そろそろ戻らないか……？」

つい先程、俺は品種改良によって、ピーナの筋力を二段階、速力と知力を一段階ずつ底上げした。

使ったラブの数は百三十個と大盤振《おおばんぶ》る舞《ま》いだったが、未だに天職を授かっていないピーナをここまで強化することが出来たので、全く後悔はしていない。

ただ、今回の品種改良で、一つ気になったことがあった。それは、ピーナに品種改良を施すときの選択肢に、『天職の変更』という項目が存在したことだ。

他の家畜にはなかった選択肢なので、これは人類種限定なのかもしれない。夏にピーナが天職を授かったとき、それが微妙なものだったら、変更するのも良いだろう。

そんなことを考えながらピーナに運ばれて、大空を恐々《こわごわ》と満喫していると、俺たちの後方から猛スピードでアルティが飛んできた。

人型のアルティは背中にドラゴンの翼（小）を生やしており、その飛行速度は今のピーナですら遅く見えるほどだ。

「――主様っ、主様っ！　我、これが欲しいのだ！」

アルティはその手に俺の宝剣を握り締めて、瞳を輝かせながらおねだりしてくる。

この宝剣は俺が知り合いの貴族令嬢《れいじょう》、ルビー・ノースから貰ったものだが、装飾《そうしょく》過多で普段から身に付けたくはないので、倉庫に仕舞ってあった代物だ。

アルティはドラゴンらしく光り物が大好きなので、目敏《めざと》く見つけて引っ張り出してきたのだろう。

「駄目だ。何かが欲しかったら、仕事をしなさい」

「うぐぅ……っ！　ぐぬぬぬぬっ……」

俺が素気《すげ》なく断ると、アルティは俯《うつむ》いて悩ましげに唸《うな》り声《ごえ》を上げた。

……まあ、どうせ今回も嫌だと言うはずだ。

そう思った矢先、アルティはバッと顔を上げて、決意の籠《こも》った眼差《まなざ》しで俺を見つめてくる。

「わ、分かったのだ……!!　我っ、お仕事します!!」

「…………え？　えっ⁉　き、聞き間違えか……⁉　悪いけど、もう一回言ってくれ」

「お仕事するって言ったのだ!!　我だってやれば出来る子だから!!」

宝剣、そんなに欲しいのかよ……。ああいや、仕事をしないと唐揚《からあ》げや蜂蜜も貰えなかったりするので、そういったことが積もりに積もって、ようやくアルティのやる気に火が点《つ》いたのかもしれない。

これは喜ばしいことだ。こうして折角、アルティがやる気になったのだから、このやる気を継続させるためにも、まずは簡単な仕事から任せよう。

「それじゃ、アルティにはハッチーの世話をして貰う。と言っても、ハッチーの飼育区画に異常がないか、毎日見て回るだけだが」

「ふむ……。うむっ、任されたのだ！　我の手に掛かれば、見回りの一つや二つはお茶の子さいさい！」

なら、最初からやれよ……と、厳しいことは言わずに、俺は『偉い偉い』『凄い凄い』と褒めて煽《おだ》てて、胸を張っているアルティの頭を撫でておいた。

ハッチーは花がついている牧草さえ絶やさなければ、後は勝手に蜂蜜を集めながら繁殖してくれる。そして、牧草を生やすのは俺の役目なので、アルティに出来ることと言えば、外敵に対処することだけだ。

その外敵も、ガンコッコーやコカトリスの警戒網《けいかいもう》を突破しなければ、ハッチーの飼育区画まで辿り着くことは出来ない。そのため、アルティが実際に戦闘を行う機会は、滅多に訪れないだろう。

何というか、余りにも簡単過ぎる仕事だが……アルティには一先《ひとま》ず、これくらいが丁度いいか。

――ピーナたちとの空の散歩が終わって、俺が地上に戻ってくると、何処で噂《うわさ》を聞き付けたのか、鳥獣人の戦士たちが『我々にも品種改良を施して欲しいッピ！』と懇願《こんがん》しにやってきた。

ダンジョンの第二階層は白い砂浜と青い海が広がっており、まさかの空まで存在している場所なので、空を飛べる彼らの活躍には期待出来る。

そう考えた俺は快く彼らに品種改良を施して、筋力と速力を一段階ずつ上げておいた。これだけなら、コケッコーのラブは一人当たり二十個で済むので、許容範囲内の出費だ。

最近になって集め出した水棲系《すいせいけい》の魔物の因子も、良い感じに集まってきたので、そろそろ本格的に第二階層の探索へ向けた準備を始めてもいいかもしれない。


――アルティが働くことを決意して、俺が鳥獣人たちに品種改良を施した次の日。

俺は朝から牧草の上で、品種改良によって海での戦力を整えるべく、コケッコー、ラブ、水棲系の魔物の因子をそれぞれ綺麗に並べていた。

コカトリスはガンコッコーに因子を注入して突然変異させたが、今回はコケッコーの段階から因子を注入してみようと思う。

早い段階から因子によって進化の方向性を弄《いじ》れば、その先の進化で更なる変異が期待出来るという寸法だ。

「さて、それじゃあ始めるか……」

「うむっ！　偉大なるドラゴンの我が、新たな生命の誕生《たんじょう》を見守ってやるのだ！」

俺は独り言を呟いて気合を入れたつもりだったのに、すぐ隣から返事があって驚いてしまう。そちらを見遣ると、腕組みしながら偉そうな表情をしているアルティの姿があった。

「アルティ……。お前、自分の仕事はどうした？」

他の面々は自分の仕事をしている時間帯なので、アルティもハッチーの飼育区画を見て回るという、自分の仕事をしているのかと思ったが……まさか、初日からサボっているんじゃないだろうな？

俺の訝《いぶか》しげな視線に、アルティは然《さ》も心外だと言わんばかりに頬をプックリと膨らませる。

「むぅ……！　我の仕事なら、もう終わったのだぞ!?　異常は確認出来ず、ハッチーは今日も元気いっぱいだったのだ！」

そ、そうか……。まあ、アルティは空を飛べるし、見回り程度ならすぐに終わるのかもしれない。

この分なら、もう一つくらい仕事を任せたいところだが、現時点で牧場に残っている仕事なんて、ソルとルナの餌《えさ》やりくらいしかない。

ただ、あいつらは俺に随分と懐いているので、これを人任せにするのは抵抗がある。俺が適当に口笛を吹くと、全速力で飛んで駆け付けてくれるので、そういうところも可愛いんだ。

ウッシーの世話役はモモコに奪われたし、アルティの仕事の件は保留だな。

「別に見学してもいいけど、余計なことはするなよ」

俺はアルティにそう言い含めてから、コケッコーにアシハゼの因子を注入して、十個のラブを地面に配置した。

そして、海で戦える魔物になりますようにと、願いを込めながらコケッコーを魔物化させる。

アシハゼは魚類でありながら、脚を生やして陸地を歩けるようになる魔法が使えたが……果たして、その因子はコケッコーに、一体どのような変異を齎《もたら》すのか——

コケッコーは進化の兆《きざ》しであるピンク色の光に包まれた後、一回り大きくなった新しい姿で、俺に綺麗な敬礼を披露してくれた。

こいつは水兵のセーラー帽子を被っており、羽毛が水色になっているコケッコー……その名も、『シーコッコー』である。

「おおーっ！　何だか冷たくて美味しそうな色になったのだ！　主様っ、試食なら我に任せてたも！」

アルティが今にも食い付かんばかりの勢いで、涎《よだれ》を垂らしながらシーコッコーを見つめた。

シーコッコーは慌てて俺の背中に隠れ、プルプルと震え始める。

「いや、食べないから。こいつは立派な海での戦力に――なるのか？　あんまり強そうじゃないけど……お前、何が出来るんだ？」

俺が品定めをするように、不躾《ぶしつけ》な目でシーコッコーを見つめると、こいつは自分のお尻をクイッと持ち上げた。

俺とアルティがそこに注目すると、シーコッコーのお尻から玩具《おもちゃ》のようなスクリューが、にょきっと生えてくる。

「………え、それだけ？」

俺が思わず失望感たっぷりな声を出すと、シーコッコーは慌てたように羽をバタつかせて、お尻のスクリューを回転させ始めた。

どうやらこれで、海を泳げるらしい。よく見ると、こいつの足にはヒレが付いている。

…………いやだから、それだけかって。

「主様、こいつ絶対に弱いのだぞ。食用にした方が良いのだ」

「うーん……。まあ、確かに……攻撃力がないのは、ちょっとな……」

アルティと俺が顔を見合わせてシーコッコーの処遇を話し合っていると、シーコッコーは駄々《だだ》を捏《こ》ねるように地面を転がって、全身全霊《ぜんしんぜんれい》で食用は嫌だと訴え掛けてきた。

こういう行動を取れるようになった辺り、賢さは随分と上がっているようだ。

……正直、俺は魔物化を過信していた。とりあえず魔物化さえすれば、家畜は多少なりとも戦えるようになると考えていたが、まさか戦闘力が全くない魔物が生まれるとは思ってもみなかった。

コケッコーが海を泳げるようになったと考えれば、これは紛れもなく『進化』と呼べるのだが——

3話　海戦準備と進軍

コケッコーの魔物化に必要なラブの数は十個だけだが、シーコッコーを進化させるにはラブが百個も必要になる。現段階で攻撃手段を持っていないシーコッコーに、更なるリソースを注ぎ込むのは考え物だ。

この後、俺はコケッコーにカタイガニの因子を注入して魔物化させるパターンも試してみたが、こちらは羽毛が赤と白のツートンカラーになって、盾《たて》となる蟹の甲羅を持った『シールドコッコー』という魔物になった。

これまた攻撃手段が体当たりくらいしかない魔物だが、盾はカタイガニと同様にとても頑丈なので、前衛《ぜんえい》としての活躍に期待出来る。ガンコッコーは接近戦が苦手なので、これは非常に有難い。

しかし、期待していた海を泳ぐ能力は持っていなかったので、海での戦力としては数えられない。

現状だと最も多く手に入る因子が、このカタイガニのものなので、これが大本命だったのだが……残念な結果に終わってしまった。

陸地で歩兵の役割を果たすガンコッコーと同様の、コストが低くて簡単に数を揃えられる海上戦力、あるいは海中戦力を俺は欲していたが、今の手持ちの因子と家畜では無理だと分かった。

「仕方ないから、量より質で勝負するか……。コストが高い部隊って、あんまり好きじゃないんだけどな」

「むっ、結局どうすることにしたのだ?」

「ガンコッコーにアシハゼの因子を注入して進化させよう。これなら攻撃手段があって、海も泳げる魔物になるはずだ」

興味津々《しんしん》なアルティに軽く説明してから、俺は呼び出したガンコッコーにアシハゼの因子を注入していく。

ガンコッコーの進化には百個のラブが必要なので、これだとコストが高い魔物になってしまう。

そんな魔物だけで編制された部隊は、失った場合のリスクが大き過ぎる。しかも、送り込む先は、何が起こるか分からないダンジョンの未踏破部分。

……だが、他に良い案を思い付かないので、仕方がないと割り切るしかない。

――こうして、俺が新しく生み出した魔物は、体長が二メートルほどでスキューバダイビング用のウェットスーツとマスクを装着したコケッコー、その名も『サブマリンコッコー』だった。

こいつはお尻の左右からスクリューを二つも生やしており、足にはしっかりと水掻きまで装着しているので、立派に海を泳ぐことが出来る魔物だろう。

しかも、背中には酸素《さんそ》ボンベを背負っているので、潜水《せんすい》すら可能なのだと思われる。

確かめてみたところ、期待していた攻撃手段もきちんと備わっており、なんとお尻から卵型の魚《ぎょ》雷《らい》を発射してくれた。

地上では全く飛距離がない魚雷だが、水中では自動で進み、ある程度の誘導性まで備わっている優れものだ。

これは中々にいい水中戦力を引き当てられた訳だが、コケッコー系統の魔物のお約束とでも言うべきか、標的にお尻を向けて撃つという動作が必要になるので、敵を見つけたら身体を半回転させなければならない。そのため、接近戦は頗る苦手だと留意しておく必要がある。

「主様っ、主様っ！　我、何だかこうやって新しい魔物が生まれるの、ワクワクするのだ！」

「へぇ、この浪漫《ロマン》がアルティにも分かるのか……。それなら、研究資料を作ってみるか？　どの家畜にどの因子を注入したら、どれくらいの確率で何の魔物に進化するのか、そういうことを紙に纏《まと》めるの、結構楽しいはずだぞ」

その作業は謂《い》わば、ゲームの攻略本を作るようなものだ。これも立派な仕事だが、遊びとしてアルティが取り組んでくれるのなら、願ってもないことだろう。

ちなみに、紙ならコケッコーを解体したときの副産物が、幾らでも余っている。生肉を包んでいた紙なので、ちょっと臭《くさ》いけど、そこは我慢して貰いたい。

「むむむ……うーむ……。確かに、面白そうなのだ……。でも……それ、仕事なのでは……？　何だか我、身体が痒《かゆ》くなってきたかも……」

まずい、アルティの労働アレルギーが出そうになっている。

「なに言ってるんだよ、これは立派な遊びだぞ？　俺が家畜を進化させるときは、毎回その場に立ち会わせてやるし、絶対に楽しいと思うんだけどな……。あーあ、アルティがやらないなら、この楽しい遊びは他の人に譲るかー」

面白そうだと思うなら、別に仕事でも何でもいいだろ……という正論パンチはなしだ。アルティにとっては大きな問題らしいので、ここは良い感じに誘導しなければならない。

「う、む……うむむ……。うむ、うむっ！　そう言われてみると、我も遊びな気がしてきたかも！」

「そうだろ？　それじゃ、今日から早速取り掛かってくれ」

この日から、アルティは家畜の進化を資料として纏める仕事をするようになった。

今はまだ、家畜の種類も因子の種類も少ないので、あっという間に資料作りは終わる。だが、これから先、家畜も因子もどんどん増えていく予定なので、この仕事を早めに誰かに押し付けられて、俺としては万々歳《ばんばんざい》だ。

……さて、しばらくはサブマリンコッコーの数を増やすことに注力して、こいつらの数が十羽くらいになったら、ダンジョンの第二階層へ送り込むとしよう。


——海での戦力を整え始めてから、早いもので一月ほどが経過した。

牧場内は俺の魔法によって、穏やかな気温に保たれているが、外はじわじわと熱気が増している。日差しも日に日に強まっているので、もうすぐ陽炎《かげろう》が立ち昇るほど暑くなるはずだ。

そんな、真夏の気配が目前まで迫っている中……俺たちは牧草の上で、ダンジョンの第二階層へ送り込む部隊を眺めていた。

編制はガンコッコー二十羽、ガトリングコッコー五羽、シーコッコー一羽、サブマリンコッコー十羽、鳥獣人の戦士四人となっている。

今回の主戦力は当然のようにサブマリンコッコーだが、コイツらは第二階層に到着して海に入るまで無力なので、ガンコッコーたちに護送《ごそう》して貰う。

鳥獣人の戦士には第二階層の上空を飛んで貰って、可能であればサブマリンコッコーを援護するという役目を与えた。

品種改良によって鳥獣人の戦士たちを強化したとはいえ、彼らの武器は何の変哲《へんてつ》もない弓と槍《やり》なので、通用する相手は限られてくる。ただ、何にしても陽動《ようどう》くらいにはなるだろう。

それと例の如く、彼らはモモコの指揮下に入っていないので、全ては自己判断に任せてある。

ちなみに、空を飛んでいる間は腕を使えない鳥獣人が、どうやって弓と槍を扱うのかと言うと、器用に足を使っていた。

シーコッコーに関しては……まあ、これと言って何か役割がある訳ではないが、何となく編制に組み込んでおいた。どうしてだか、当人——もとい当鶏は、気合十分といった勇《いさ》ましい顔付きをしているが、今回の探索では万に一つも活躍の機会は訪れないだろう。

何はともあれ、今回はこうして大規模な部隊をダンジョンへ送り込む訳だから、俺はそれなりに緊張している。

まずは様子見で、戦力を小出しにするべきかとも思ったが、戦力の逐次《ちくじ》投入は愚策《ぐさく》だとモモコが言い出したので、これだけの戦力を纏めて投入するに至ったのだ。

「これは壮観《そうかん》ね……。あたしが見たこともないような、未だ嘗《かつ》てない戦いが始まる……!! そんな予感がするわ……っ!!」

ガンコッコーたちの司令官であるモモコは、拳を握り締めて胸を熱くしている。

多分、ワイバーン戦を超えるような戦闘は発生しないと思うのだが……とりあえず、俺はモモコに対して、もう分かり切っているであろう注意をしておく。

「アシハゼとカタイガニ以外の魔物もいると思うから、十二分に気を引き締めてくれよ。お宝とか魔物の素材は欲しいけど、今回は部隊の損耗率《そんもうりつ》を抑えることに注力して貰いたいんだ」

「ええ、勿論《もちろん》よ！　司令官として、現場の兵士たちの命を最優先に考えると誓うわっ！」

モモコは力強く頷いて、俺の心配を吹き飛ばすような笑みを浮かべた。

いつも通り、俺たちはダンジョンに入らず、牧場からテレビ画面越しにガンコッコーたちの雄姿《ゆうし》を見守るつもりだ。彼らに指示を出せるマイクは、これまたいつも通りにモモコが握り締めている。

「……アルス。海って、どんなところ？　……ルゥ、海、知らない」

ルゥの問い掛けに、俺は思わず首を捻る。海なんて空と同じく、あって当たり前のものだと認識していたので、改めてどんな場所かと聞かれると、答えを返すのが難しい。

「うーん……。海はしょっぱい水溜まりが、地平線の彼方《かなた》まで広がっている場所……かな？　まあ、これからガンコッコーたちが向かう海はダンジョン内だから、実際に何処まで広いのかは分からないけど」

「……しょっぱい水。それ、美味なもの？」

「いや、塩辛いだけで、とても飲めたものじゃないぞ。……ああでも、海水から塩を作れるから、美味しいものを作るための調味料にはなるか」

塩をダンジョン内から調達することが出来れば、街から仕入れるものがまた一つ減る。将来的には外から流れてくる物資に頼らず、完全無欠の自給自足生活を送れるようになりそうだ。

ここでピーナが、翼を使って器用に宙を掻き、泳ぐような動作をしながら俺に質問する。

「海って、川みたいに水遊びは出来るッピ？　ボク、久しぶりに泳ぎたいッピよ！」

「鳥獣人って泳げるのか……。海でも水遊びは出来るけど、ダンジョン内の海で泳ぐのは気が進まないな」

正直なところ、久しぶりに海で泳ぎたいという気持ちは俺にもある。

しかし、ダンジョンの未踏破部分で海水浴を楽しもうと思えるほど、呑気にはなれなかった。

「我は海で泳いだことがあるのだぞ！　ダンジョンの外での話ではあるが、しょっぱいし目は痛くなるし、大きな魔物もいっぱい襲ってくるし、本当に最悪だったのだ！」

苦い思い出を振り返っているアルティの愚痴《ぐち》を聞いて、俺は一つの可能性に思い至る。

……この世界だと、ダンジョン外の海には昔から数多《あまた》の魔物が跳梁跋扈《ちょうりょうばっこ》しているはずなので、もしかしたら新しく出来たダンジョン内の海の方が、外の海よりも安全かもしれない。

そう考えると、ダンジョン内での海水浴も前向きに検討したくなってしまう。

「――みんなっ、そろそろダンジョンへ向かって貰うわよ！　手筈《てはず》通り、第一階層はサブマリンコッコーを部隊の真ん中に配置して護送！　第二階層に到着して、サブマリンコッコーが海の探索を開始したら、他のみんなは砂浜を死守しておくの！　いいわね!?　それじゃ、進軍開始よッ!!」

モモコがガンコッコーたちに号令を下すと、コケーッ！　と全員が雄叫《おたけ》びを上げて、勇ましくダンジョンへ向かっていった。

俺はマジックアイテムの王冠を使って、彼らを見送りながら強化魔法を掛けておく。これだけの数がいるのだから、全員の能力が二割増しになるという恩恵は大きいはずだ。

4話　海の探索

──ガンコッコーたちが第一階層にある階段を下りると、足場が不安定な鍾乳洞《しょうにゅうどう》が真っ直ぐに続いていた。

そのまま歩みを進めると、白い砂浜がある海岸へと到着する。

この第二階層では、本来なら天井があるはずの頭上に青空が広がっており、真っ白な雲や燦々《さんさん》と輝く太陽まで浮かんでいる。

「なんか、雄大な景色が広がっているのを見ると、この景色に相応《ふさわ》しい魔物が現れるんじゃないかって、疑わしく思えてくるな……。やっぱり第二階層は、まだ早かったか……？」

「これだけの戦力を揃えたのに、弱気になってどうするのよ！　アルスはそこでドンと構えておけばいいの！」

俺、モモコ、ルゥ、ピーナ、アルティの五人は、ゲルの中からテレビ画面越しに第二階層を眺めている。

俺はテレビの向こう側に広がっている大海原に圧倒されたが、肝が据わった表情をしているモモコに活を入れられた。

モモコは早速、ガンコッコーたちに指示を出して、砂浜がある現在地の小島を軽く探索させる。

——その結果、そこにはカタイガニが屯《たむろ》していたり、ヤシの木が少し生えていたりするだけで、他に特筆すべきモノは見つからなかった。

やはり第二階層のメインとなる舞台は、小島を中心に広がっている青い海なのだろう。

小島のどの方角から遠くを眺めても、海の彼方は濃い霧に包まれているので、その霧が謂わば第二階層の枠組みなのだと思われる。

ここがダンジョン内である以上、奥行きは無限ではないはずだ。

「ボク、ダンジョンの空が気になるッピよ！　あの空って、何処までも上に行けるッピ？」

ピーナのこの問いには、何だかんだで長生きしている物知りなアルティが答えた。

「目に見えておらぬだけで、必ず天井は存在するのだ。空を飛ぶ者たちは、高度を予《あらかじ》め調べてお

ない。

「モモコに代わる解説役になるかもしれない方が良いのだぞ」

アルティは海の魔物のことにも結構詳しいようなので、モモコに代わる解説役になるかもしれ

空を飛んでいるときに、天井に頭をぶつけるのは死活問題なので、鳥獣人の戦士たちはアルティの助言に従って、慎重に天井の高さを確かめに行く。

そして、高度が五百メートルくらいのところで、目に見えない天井に頭が触れた。

青空も白雲も太陽も、全てが本物にしか見えないのに、それらは天井に描かれた模様のような扱いになっている。

それにしても、第一階層から第二階層までの階段の距離は、五百メートルもなかったのに……。ダンジョンって、本当に不思議な空間だな。

「見た感じ、空を飛ぶ敵はいないみたいね……。やっぱり、水棲系の魔物しか現れないダンジョンなのかしら？」

空を飛ぶ敵の有無によって、第二階層の難易度は大きく変わると予想していたので、そんな敵が一匹も見当たらないことにモモコはホッと胸を撫で下ろした。

だが、これから先も絶対に現れないという保証は何処にもないので、俺はまだまだ安心出来ない。

「モモコ。ダンジョンなんて何が起こるのか分からないんだし、決めつけるのは早計だからな」

「そ、そうね……。確かにアルスの言う通りだわ。気を引き締め直さないと……」

モモコはペチペチと自分の両頬を軽く叩いてから、サブマリンコッコーたちに海へ入るよう指示を出した。

……あ、何故かシーコッコーも付いていくらしい。シーコッコーには何の指示も出していないのだが……もしかして、コイツは自分のことをサブマリンコッコーだと勘違いしているのか？

まあ、今回の探索でシーコッコーが何らかの活躍をしたら、ご褒美に一段階進化させてやることも吝《やぶさ》かではない。けど、早々に望み薄だと思える事態になった。

サブマリンコッコーたちには酸素ボンベがあるので、海底まで潜《もぐ》って長時間の探索を行えるのだが、シーコッコーは普通に息継ぎが必要なので、海底の探索を行えないのだ。

この時点で、もうどうしようもないので、シーコッコーは水辺で適当に遊ばせておこう。


小島の近くの海底は深さが三十メートルほどで、そこには色々な小魚たちが棲む岩場が広がっていた。

スズメダイやイシダイ、メバルらしき魚は、魔物ではなく普通の魚類だろう。

ダンジョン内で生まれた経緯は不明だが、自然環境が存在するフィールド型の階層だと、魔物以外の生物が生息していることも珍しくはない。と、物知りなアルティが教えてくれた。

解説役の座を奪われたモモコが、若干悔しそうにしている最中も、サブマリンコッコーたちの探索は順調に進む。

そして、途中で美しいサンゴ礁《しょう》を発見した。

水面から差し込む日の光が、赤や紫のサンゴに当たってキラキラと輝いている光景。それはとても幻想的で、俺たちは思わず感嘆の声を漏らしてしまう。

「……アルス。あれ、美味なやつ？」

「いや、サンゴは食べ物じゃなくて装飾品だな。磨《みが》かなくても綺麗だけど、磨けばもっと綺麗になるんだ」

「……それ、違う。ルゥ、魔物のこと、聞いてる」

俺の隣で呑気に干し肉を齧《かじ》っていたルゥが、どうやら魔物を発見したらしい。……しかし、俺がテレビ画面を凝視《ぎょうし》しても、魔物の姿は見当たらない。

「魔物……？　俺には何も見えないけど……モモコ、何か見えるか？」

「ううん、何も見えないわよ？　でも、ルゥが見間違えるとも思えないし……」

モモコはサブマリンコッコーたちに足を止めて貰って、その場を警戒するよう指示を出した。

俺たちは身を乗り出してテレビに顔を近付け、ウンウン唸りながらルゥが言っている魔物を探す。

「――あっ、海底で魔物が岩に擬態《ぎたい》しておるのだ！　この『テレビ』なるものからは、魔物の気配を全く感じ取れないのに、ルゥは一体どうやって見つけたのだ……⁉」

アルティがテレビ画面の隅っこに映っている岩を指差して、それが魔物だと指摘した。

それと同時にルゥの知覚能力に驚いているが、今のルゥは明らかに食欲センサーが作動していたので、俺は感心するよりも先に呆れてしまう。……食い意地、張り過ぎだろ。

モモコは早速、サブマリンコッコーたちに攻撃命令を出そうとしたが、相手からは仕掛けてこないので時間に余裕がある。ここは慎重を期すことにして、物知りなアルティを一瞥《いちべつ》した。

「攻撃する前に情報が欲しいわ！　アルティ、あいつがどんな魔物なのか知っているの？」

「うむっ、彼奴《あやつ》は『タコチュー』という魔物なのだぞ！　見ての通り、擬態する能力に長《た》けておって、他には……確か、分厚くて人間みたいな形の唇《くちびる》を持っておったかも……。なんかこう、ラメ入りの口紅が付いている唇なのだ。それで、その唇にチューされると、魅了されてしまうとか何とか……」

魅了魔法を持つ魔物は間違いなく凶悪で危険なのだが、タコチューなんて名前を聞くと危機感が全然煽られない……。

接吻《チュー》するタコだから、タコチュー。相も変わらず、魔物の中には肩の力が抜けるような名前の奴がいる。

「分かったわ、接近するのは危険な相手なのね……。サブマリンコッコー艦隊《かんたい》！　タコチューから

距離を取って魚雷で消し飛ばしなさい!!　それからっ、もしもタコチューに魅了された味方がいたら、被害を広げないためにそいつを容赦なく攻撃するのよ!!」

サブマリンコッコーは艦ではないのだが、モモコはノリノリなので何も言うまい。

こうして、サブマリンコッコー艦隊がタコチューにお尻を向けて撃った魚雷は、若干不規則な弾道を描きながらタコチュー目掛けて進んでいく。その数は実に十発。

そして、着弾と同時に小さな爆発が起きて、モモコの命令通りにタコチューを跡形もなく消し飛ばした。

魚雷の威力がかなり高いので、今の感じだと一発か二発程度で攻撃を止めなければ、タコチューの素材は手に入らないだろう。

今は探索がメインなので構わないが、ダンジョンの産物を集める段階になったら、手加減が必要になる。

——サブマリンコッコー艦隊は海底を進む中で、タコチュー以外の魔物とも交戦した。

無差別な放電によって、周囲にいる生物たちを痺《しび》れさせる魔物は、体長が一メートルほどの黄色いクラゲで、その名も『ビリビリクラゲ』。

白い身体を持つカジキの見た目をした魔物は、群れの仲間を尖っている上顎《うわあご》——吻《ふん》で突き刺したときにだけ、ダメージではなく治癒《ちゆ》効果を与えていた。こいつの名は『ヒーリングカジキ』。

体長二メートルほどのシャコ貝の見た目をした魔物は、自分の身体と同等の大きさの獲物ですら、一瞬で丸呑みにしてしまう。こいつの名は『パックンシェル』。

この他には、普通に泳いでいる少数のアシハゼと、海底を我が物顔で闊歩《かっぽ》している結構な数のカタイガニを発見している。

どいつもこいつも、アルティの既知の魔物だったので、何をしてくるのか事前に把握することが出来た。

幸いにも、サブマリンコッコー艦隊が勝てない相手は、今のところ存在しない。

「サブマリンコッコーがこんなに強いとは思わなかったな……。十羽は過剰戦力だったか」

これなら半数でも、問題なく第二階層の探索を行えるだろう。そんな俺の呟きに、モモコは深々と頷いて同意する。

「そうね。陸地で無力な分、水中だと頼もしい子たちだわ。これなら、艦隊を二つに分けて探索しても、大丈夫じゃないかしら？」

「ああ、海は広いし、その方がいいかもな。……というか、『部隊』じゃなくて『艦隊』って呼び方で統一するのか？」

「艦隊って言った方が格好いいじゃない！　サブマリンコッコーたちだって、そう呼んで貰えると士気が上がるのよ！」

俺とモモコは軽く話し合って、サブマリンコッコー艦隊を二つに分けることを決めた。

この海に生息する魔物の中で、防御力が特に高いのはカタイガニとパックンシェルだが、こいつらが相手でも魚雷三発で容易《たやす》く仕留めることが出来る。

しかも、サブマリンコッコーはお尻から魚雷を発射する関係上、なんと逃げ撃ちが出来てしまうので、自分よりも泳ぐ速度が遅い敵には負けようがないと判明した。

この海ではヒーリングカジキだけが唯一、サブマリンコッコーと同じ速度で泳いでいるが、同じなら追い付かれないので何も問題はない。

「ううむ……。我は思うのだが、戦力に問題がなくとも、戦果の運搬が問題なのではないか？」

「ピッ⁉　それならシーコッコーに頑張って貰えばいいッピ！　戦えなくても出来る仕事があったら、きっと喜んでくれるッピよ！」

アルティが艦隊の問題点を指摘すると、ピーナが逸早《いちはや》く解決案を出した。

戦力として数えられず、いざという時に出番がないピーナは、似たような境遇のシーコッコーを人知れず気に掛けていたようだ。

「よし、ピーナの案を採用しよう。サブマリンコッコーが敵を倒すペースは結構速いから、それなりの数を用意しないとな」

俺がシーコッコーの増員と運用方法を決定してから、しばらく経った頃――。テレビ画面に、銀色の大きな貝が映った。

それは海底にある岩の間に挟まっており、最初はパックンシェルかと思ったが、アルティは色違いのパックンシェルなんて見たことがないという。

隠れ潜む魔物を看破《かんぱ》し続けていたルゥに確認を取ると、アレは魔物ではないと言い出した。

それなら何なんだ、という話だが――

「あっ、あたし分かったかも……！　あれってもしかして、ダンジョンの宝箱なんじゃないの⁉」

「ああ、なるほど。そういうことか」

モモコの閃《ひらめ》きに、俺は感心しながら納得した。

ダンジョン内の環境によって宝箱の形状が変化するというのは、俺でも知っている有名な話だ。

先程から、大きな貝を見掛けたらパックンシェルだと思って先制攻撃を仕掛けていたが、こうなると普通の宝箱も混《ま》ざっていた可能性がある。

「ルゥ。サブマリンコッコーが攻撃していた貝の中に、魔物じゃない貝ってあったか？」

俺の問い掛けに、ルゥは両手の指を何度か折り曲げて、こくりと小さく頷いた。

「……ん、あった。いっぱい」

両手の指の本数までしか数字を数えられないルゥは、十以上の数字を全て『いっぱい』と言い表してしまう。

つまり、少なくとも十個以上の宝箱を俺たちは中身ごと破壊していたらしい。……出来れば、もっと早く教えて貰いたかった。

まあ、過ぎたことだから忘れよう。気を取り直して、サブマリンコッコーに銀色の貝、もとい宝箱を開けさせる。

すると、中には船の設計図が入っていた。その設計図にはうっすらと光り輝く魔法陣も描かれており、見るからにマジックアイテムだと思われる。

水中で確認してしまったが、設計図は幸いにも防水仕様で、破損することはなかった。

「よし、モモコ司令官。そろそろ皆を撤収させてくれ」

大まかな魔物の把握が終わり、価値がありそうなお宝も手に入れた。これを十分な成果として、俺はモモコに引き揚げを要請した。

「了解っ！　サブマリンコッコー艦隊は速やかに現海域から撤収し、砂浜で待機している友軍と合流しなさい！　その後、全軍は行きと同じ隊列で、牧場へ帰還するのよ！」

モモコはノリノリで俺に敬礼を行い、キリッとした表情をしながらマイク越しに指示を出していく。

――こうして、俺たちの第二階層へのファーストアタックは、無事に成功を収めた。

閑話　駆け出し商人のメル

私の名前はメル。十三歳の羊獣人なのです。

チャームポイントは自分の腰まであるほど豊かな、雲みたいにモコモコしている白い髪の毛。それと円《つぶ》らな黒い瞳なのですよ。

私と同じ羊獣人のお母さんは、大草原で生まれ育ったそうなのです。でも、私はイデア王国最北端の街で生まれ育ちました。

それはどうしてかというと、お母さんが人間の街に売られた奴隷《どれい》だったから……。でも、これは悲しいお話ではありません。

羊獣人の奴隷といえば、服飾店でひたすら毛糸玉を作らされることで、有名なのです。

羊毛の扱いに関しては、羊獣人の右に出る種族が存在しませんから、かなり重宝して貰えるのですよ。

お母さんは毛糸玉作りの達人で、随分と昔にお仕事の功績が認められて、奴隷から自由民になりました。

ですが、大草原で暮らすよりも生活が楽だからと、大草原には帰らずに、私が生まれる前からこの街で暮らし続けているのです。

そんな訳で、立派なシティガールとして育った私には、小洒落《こじゃれ》た将来の夢があるのですよ。

――それは、自分の服飾店を持つこと。

羊獣人として生まれたからには、毛糸を使って何かを作りたくなる。それは最早、私たちの本能のようなものなのです。

過酷な大草原で生まれ育つと、お洒落なんてしている余裕がないので、毛糸玉を作るだけで満足出来る身体になるそうです。けど、シティガールの私は、その一歩先を求めたのです。

「お母さん！　私っ、お仕事に行ってくるのです！」

自分のお店を持つためには、お金が沢山必要。なので、今は駆け出しの商人として、一生懸命にお仕事をしているのですよ。

「はいは～い、気を付けるのよ～？　あ、メルちゃ～ん。ハンカチは持ったかな～？　お弁当と水筒は～？　もう暑いんだから、途中でお塩を舐めないと駄目よ～？　それから――」

お母さんはポヤポヤした声と間延びした口調で、私にあれやこれやと言い含めてくるのです。

「私はもう子供ではないのです！　心配し過ぎなのですよ！」

私の深緑色の旅装束《たびしょうぞく》に縫《ぬ》い付《つ》けられた商人の証――『秤《はかり》』のマークは、まだまだ稼ぎが少ないことを示す銅色。

何の後ろ盾もなく、資金も商人としてはとっても少ないので、小さなお仕事しか出来ません。

お母さんがそんな私を心配する気持ちは理解出来ますし、有難くも思いますが、そろそろ子供扱いはやめて貰いたいのです。

私が十二歳のときに授かった天職は、気配を消すのが得意な【大盗賊《だいとうぞく》】だったので、高いお金を支払って護衛を雇う必要もなく、魔物から逃げ隠れしながら細々と行商を続けているのですよ。

利益はしっかりと出し続けているので、これはもう立派な商人、延《ひ》いては立派な大人と言っても過言ではありません。

……あっ、当然ですが、こんな天職を授かっていても、悪さをしたことは生まれてこの方、一度だってないのです。私は今日まで、お天道様《てんとうさま》の下を堂々と歩きながら、誠実に生きてきたのですよ。

「あらっ、メルちゃん！　おはよう！　この前帰ってきたばっかりなのに、もう次のお仕事へ行くのかい？」

私が相棒の小さい馬――ポニーさんに荷車を引いて貰って、街の外へ向かうべく商業地区を進んでいると、お肉屋さんのおばちゃんに声を掛けられました。

「おばちゃん、おはようなのです！　貧乏暇《びんぼうひま》なしなので、私にお休みはないのですよ！」

「あらぁ、本当に立派ねぇ……。メルちゃん頑張ってるし、おばちゃんも応援したくなっちゃうわ。

だから、耳寄りな情報、特別に教えてあげちゃう！　ここだけの話よ？」

「無料なら聞かせて欲しいのです！　でもっ、有料なら耳を塞《ふさ》ぐのですぅ！」

私が情報の押し売りを防ぐべく、サッと両耳を塞ぐと、おばちゃんは苦笑しながら手を横に振りました。どうやら、お金は取られないみたいなのです。

こうして、おばちゃんが無料で教えてくれたのは、この街から北へ向かって進んだ場所に、最近大きくなった牧場があるというお話でした。

その話を聞いた私は、思わず首を傾げてしまいます。だって、この街はイデア王国最北端の街なのですよ？

ここから北って、不毛の大地なのです。しかも、その先は大草原なので、牧場なんて一体何処に……。

「もうこの街の商人が二組、その牧場と取引するために、足繁《あししげ》く出向いているんだけどね。どっちもそんなに大きくないから、メルちゃんにも商機があると思うわよ？」

おばちゃんは信用出来る人なので、嘘ではないでしょう。これは、とっても気になるのです……!!

「分かりました！　行ってみるのです!!　おばちゃんっ、耳寄りな情報、ありがとなのですよー!!」

私はポニーさんに軽く鞭《むち》を打って、颯爽と街を後にしました。

普段はこの街と最寄りの村々を回って、細々と商売をしているだけなので、突然降って湧いた儲《もう》け話にテンションが上がってしまうのです！

——ポニーさんがいつもより張り切ってくれたおかげで、私はあっという間に不毛の大地に到着したのです。

そして、そこには明らかに、馬と荷車が行き来しているような跡が残っていました。この跡を辿っていけば、おばちゃんが言っていた牧場に着くはずなのです。

大盗賊の天職を授かっている私は、自分だけではなくポニーさんと荷車の気配も一緒に消せるので、魔物の襲撃を心配する必要はありません。

そもそも、不毛の大地には魔物の姿なんて見当たらないので、安心安全な道程なのですよ。

こうして、先へ先へと進んでいると——ポニーさんがプルプルと震え始めたのです。ポニーさんは臆病《おくびょう》で気配には敏感なので、いつも私より先に魔物の存在を感知するのですよ。

「これは、引き返すべきかも……？　いえ、でも、誰かが行き来してるということは、安全なはずなのです……。それにっ、私は大盗賊！　どうせバレっこないのですよ！」

私は今まで、魔物に見つかった経験が一度もないので、慢心して前に進むことを選びました。……そして、すぐに後悔することになったのです。

まず、大草原まではまだ距離があるはずなのに、草が生えている場所に到着しました。

私もポニーさんも主食は草なので、そこに生えている草の全てが美味しそうな牧草であることは、見た目とにおいだけで理解出来たのです。

そこまでは、別に悪いことではないのですが……その牧草地には、見たこともない大きな魔物がいました。

それは体長五メートルほどの、コケッコーとヘビを足して二で割ったような魔物――コカトリスなのです。

コカトリスは気配を隠している私を容易く看破《かんぱ》して、物凄い勢いで近付いてきます。

私が悲鳴を上げるのと同時に、ポニーさんもヒヒーンと悲鳴を上げますが、私たちは恐怖のあまり一歩も動けません。

「ひっ、ひえええぇぇぇ――っ!!」

私が現実逃避をするように目を瞑っていると、十秒……二十秒……三十秒……と、時間が過ぎました。

ここはもう、コカトリスのお腹の中かもしれない。私がそう思った矢先、場違いなほど気安い調子で、誰かに声を掛けられたのです。

「ようこそだッピ、商人さん。見ない顔だけど、アルス様のお知り合いッピ？」

私が恐る恐る目を開けると、立ち止まっているコカトリスの隣に、鳥獣人の女性の姿がありました。

そのお姉さんはコカトリスを宥《なだ》めるように、身体を優しく撫でているのです。人は魔物を飼いならせないはずなのに、コカトリスはそれで大人しくなっているのですよ……。

私がただの少女であれば、未だに硬直したままだったでしょう。

しかし、今の私は稼ぎが少ないとはいえ、歴《れっき》とした商人なのです！　話が通じる相手には、ハキハキと自己紹介をしなければなりません。

「え、ええと、えっと、あのっ、わ、私っ！　メルです！　駆け出しの商人です!!　仕入れに来たのですぅ!!」

「あはは、元気がいい商人さんだッピねぇ。とりあえず、アルス様のところに案内するから、付いておいでッピ」

お姉さんは人がよさそうな笑みを浮かべて、私を案内してくれます。

ポニーさんはコカトリスに怯えていましたが、お姉さんが地面に生えている牧草を毟《むし》ってポニーさんに食べさせてあげると、ここは敵地ではないと理解して平常心を取り戻しました。

「と、ところで……ここは、牧場……で、合っているのです……？　それと私、アルス様が誰だか、知らないのですよ……。失礼だったりしないでしょうか……？」

「ここは間違いなく牧場だッピね。そしてアルス様は、ここの主――つまり、牧場主様だッピ。一《いち》見《げん》さんでも歓迎しているから、そう怯えなくても大丈夫ッピよ」

ピッピピッピと可愛らしく喋《しゃべ》るお姉さんの話を聞いて、私の肩から力が抜けていくのです。

牧草の上を進む最中、私は他にも色々と、お姉さんに教えて貰いました。

この牧場を守っている魔物たちは、特別な天職を授かったアルス様に絶対服従で、鳥獣人の方たちは牧場に近付く異常なものがないか、空を飛んで監視しているのだとか。

それに加えて、私のような一見さんの商人を案内するお仕事もしているそうなのです。

「やっぱり私以外の商人も、最初はびっくりするのです？」

私がチラリとコカトリスに目を向けて尋ねると、お姉さんは苦笑しながら頷きました。

「そりゃあもう、みーんなびっくりし過ぎて固まっちゃうッピ！　でも、アルス様がイデア王国の第三王子様だって知ったときの方が、みんなびっくりするッピね」

「え……えぇっ!?　お、王子様……っ、なのです!?」

牧場主のアルス様が第三王子様だと教えられて、私の胸には再び不安の波が押し寄せてきたのです。

私のような一介の庶民が、王子様に謁見《えっけん》するなんて……。あ、でも、不毛の大地で牧場を営《いとな》んでいるというのは何だか怪しげで、魔物を使役《しえき》しているというのも昔話に出てくる魔王みたいな恐ろしい話なのですが、それほど確かな身分の御方であれば、悪いことにはならないはずなのです。

これは安心材料だと、ポジティブに捉えましょー！

――来客用のゲルに案内された私は、そこで絵に描いたような王子様と出会ったのです。

蜂蜜色《はちみついろ》の髪に琥珀色《こはくいろ》の瞳、甘い顔立ちに曇り一つない玉の肌。その佇まいは威風堂々《いふうどうどう》としていながらも気品を兼ね備え、その姿はまだまだ中性的な少年でありながらも、守るべきものを背負う覚悟を持った大人の目をしているのです。

王族といえば、漠然と『特別な人』だと思っていましたが……まさか、一度も言葉を交わすことなく、その人が特別だと理解させられるとは思いませんでした。

どうやって第一声を出せば良いのか、それが分からなくなるほど私が緊張していると、王子様はニコリと微笑んで口を開きます。

「俺の名前はアルスだ。君が商人ってことは、コケッコーの肉と卵を仕入れに来たんだよな？　それなら、この紙にサインしてくれ」

「は、はひぃ……。わ、わらひ、メルでしゅ……サインしましゅ……」

王子様――もとい、アルス様の微笑みに見惚れて顔が真っ赤になった私は、熱に浮かされながら何の確認もせず、差し出された紙にサインしようとしました。

しかし、駆け出しの若輩者でも、私は一端《いっぱし》の商人……!!

ぼうっとする頭の中に、『コケッコーの肉一羽分を金貨二枚で購入する』という一文が入ってきた瞬間、ハッと我に返ったのです。

「き、金貨二枚っ!? た、高過ぎるのですぅ!! 街での相場は銀貨十枚くらいなのですよ!?」

アルス様は微笑みを浮かべながら、チッと小さく舌打ちしたのです。……この人、外見と中身が全然違うのかも。

「そのまま大人しく、サインしておけば良かったものを……ピーナ! 来い!!」

「ピッ! 商人さんっ、覚悟するッピよ!」

突然、アルス様にピーナと呼ばれた鳥獣人の少女が、ゲルの中に押し入ってきました。

「ま、まさかっ、私を捕らえる気なのです……!? サインするまでお家に帰してくれない気なのですね!? わ、私っ、お金は金貨一枚しか持ってないのですよ……!! それが私の全財産なのですぅ!!」

商人は自分の所持金をおいそれと他人に教えないのです。何故なら、それをしてしまうと足元を見られるから……。

それなのに、恐怖に屈した私は咄嗟に所持金を教えてしまいました。こんなのもう、商人失格なのですよ……。

私が恐怖と後悔に押し潰されて、頭を抱えながら身を縮こまらせている最中――ふわりと、香《こう》ばしいお肉のにおいが鼻腔《びこう》をくすぐりました。

恐る恐る目を開けて見ると、何故だか私の目の前に、焼き立てのお肉が用意されているのです。

それがコケッコーの各部位のお肉だということは、一目で分かりました。でも、その大きさは通常のサイズより、どれも一回り大きいのですよ。

「是非とも試食してくれ。その味で、その大きさなら、金貨二枚の価値があるって分かるはずだ」

アルス様は自信満々な様子で、そう言い切りました。

どうやら、ピーナさんは私を捕らえるためではなく、このお肉を持ってきて貰うために呼び出されたようなのです。

「商人さん、早く食べてみて欲しいッピ！　それは鳥獣人のみんなが、頑張ってお世話したコケッコーのお肉だッピよ！」

にぱーっと満面の笑みを浮かべるピーナさんを見て、何だか怯えているのが馬鹿らしくなった私は、すぐに居住まいを正しました。

そして、コホンと一つ咳払《せきばら》いを挟んでから、いざお肉を実食してみます。

すると、今までに食べてきた全ての食事の味を忘れてしまうような、途轍《とてつ》もない旨味が口の中に広がったのです！

あまりの美味しさに思考が停止しそうになりましたが、私は商人としての自負を意識することで必死に頭を働かせて、適正価格は幾らになるのかと熟考しました。

「――これは、確かに美味しいのです。大きさも凄いですし、金貨二枚どころか、五枚支払ってでも欲しがる人は、国中にいると思うのです」

「そうだろう、そうだろう。俺もそう思うよ」

「……でもっ！　北の果ての街に、そんなお金持ちは数えるくらいしかいないのですよ‼　需要《じゅよう》と供給が見合っていない以上っ、金貨二枚では買い取れないのですぅ‼」

「おおー、メルって言ったっけ？　子供だと思ったけど、しっかりしているんだな」

私のビシッと決まった指摘に、アルス様は感心した様子で頷いているのですよ。

この反応から察するに、私が金貨二枚で買い取るとは、最初から思っていなかったのかも。

「他の商人さんも、金貨二枚じゃ買えないと思うのです……。私以外の商人には、一体幾らで売っているのです？」

「一羽当たり銀貨五十枚だ。まあ、その代わりに、解体はこっちでやらせて貰っているが」

「え、そ、それだとお肉が早く腐《くさ》ってしまうのですよ……？　アルス様たちも解体する手間が掛かりますし、どうして値下げの代わりにそんなことを……？」

アルス様の取引方法は誰も得をしないはずなので、とっても不思議なのです。

「言っても分からないと思うけど、俺はラブが欲しいんだよ」

「ラブ？　ラブって何でしょう……？」

私は首を捻って、説明を求めるようにアルス様を見遣りましたが、アルス様は肩を竦めるだけで答えてはくれませんでした。

隠しごと、というよりは説明が面倒な様子なのです。その代わりに、アルス様は別の商売の話を持ち掛けてきたのですよ。

「まあ、とにかく肉は、それくらいの値段で売るとして……街から仕入れてきて貰いたいものがあるんだけど、頼んでもいいか？　勿論、お代は手間賃《てまちん》込みで支払うから」

儲け話なら断る理由がないので、私は頻《しき》りに首を縦に振って、アルス様のお願いを聞き入れました。

そうして手渡されたお買い物リストには、椅子やテーブル、食器、調理器具、家具、衣類など、日常生活で使うものが沢山書かれていたのです。

ざっと見た限りでは、凡《およ》そ五十人分。どうやら、この牧場で暮らしている人たち全員分の雑貨を一括で購入するようなのですよ。

アルス様は先払いで、金貨百枚という大金が入った布袋を私に渡してきました。

「ひっ、ひぇぇ……。こ、こんな大金っ、生まれてから一度も持ったことないのですぅ……!!　私が持ち逃げするとか、思わないのです……？」

「金貨百枚で信頼出来る相手かどうか分かるなら、安いもんだ」

わ、私……っ、試されているのです!?

こんな大金をポンと使って、初対面の相手を試すなんて、支配者たる王族はやることのスケールが大きいのですよ。

衝撃を受けて頭が真っ白になった私ですが、次第に商魂がメラメラと燃えてきました。

そして、絶対にアルス様の信頼を勝ち取ろうと意気込み、全身全霊でお仕事に臨むことを決意したのです！

——私は駆け出し商人のメル。一生懸命と誠心誠意だけが取り柄の、しがない貧乏商人なのです。

そんな私が、アルス様の牧場で最初の商店を開かせて貰うのは、もう少しだけ先のお話なのですよ。

5話　海の幸

——第二階層の探索を始めた日から、今日で五日が経過した。

ダンジョンへ送り込む家畜たちの主戦場は、第二階層の海となったので、ガンコッコーとガトリングコッコーの役目は減るかと思ったが、第二階層の砂浜にはカタイガニが結構な頻度で現れるので、退屈している様子はない。

俺はピーナの提案通りにシーコッコーの数を増やして、サブマリンコッコーが海中で得た戦果を海上から砂浜まで運搬《うんぱん》して貰っている。

砂浜から第一階層を抜けて、牧場まで戦果を運ぶのは、ガンコッコーたちの役目だ。

ガンコッコー、ガトリングコッコー、シーコッコー、サブマリンコッコー。彼らの牧場への貢献度は非常に高いので、ご褒美として牧場の一角に、色々な種類の牧草を山のように生やした専用区画を用意しておいた。

その区画の名称は『軍鶏《ぐんけい》区画』として、コケッコー系統の魔物の種類も増えてきたので、俺たちはこれを機に、彼らを纏めて『軍鶏』と呼ぶことにした。

第二階層で手に入れたお宝や一部の素材に関しては、危険なものが混ざっている可能性もあるので、鑑定してくれるゼニスが牧場に来るまで、倉庫に寝かせておくしかない。

ただ、食べられる魔物の素材に関しては、ルゥがもう我慢出来ない様子だったので、今日のお昼に実食してみようと思う。

ちなみに、この五日間は魔物の素材ではなく、普通の海の幸を食べていた。とは言っても、ダンジョン内の海だからか、種類はそう多くはない。

それらの海産物は牧場の畜産物と比べると、明らかに味が負けている。それでも、新鮮な海の幸を香味醤油《こうみじょうゆ》に付けていただくのは、畜産物では味わえない美味しさがあったので、俺たちはそれなりに満足していた。

――さて、魔物を解体して得られた食材だが、タコチューからは大きなタコの切り身、ヒーリングカジキからは大きなカジキの切り身、そしてパックンシェルからは大きなハマグリと、どれも大きさが一メートル前後もあって、食べ応えがありそうだった。

パックンシェルの見た目はシャコ貝のようだったが、牧場魔法で解体したら何故か巨大なハマグリが出てきたので、そこだけは中々に意味不明だ。

……まあ、ゲームで言うところの不具合みたいなものかもしれない。牧場魔法による不思議な現象は、今に始まったことではないので、これは気にしないでおく。

「折角だから、タコチューの切り身はたこ焼きにして食べたかったたな……。ハマグリはバター醤油で食べられそうだから、そっちは期待大って感じか」

俺は独り言を呟きながら、牧草の上に薪《まき》と鉄板を並べて、モモコと一緒に食材を焼き始めた。

たこ焼きを作るのに必要な材料は、極論を言ってしまえば小麦粉、生卵、タコの三つがあれば良い。後は魚介類の出汁《だし》を使えば、生地も美味しくなるだろう。

タコ焼き器も街の鍛冶屋《かじや》で注文すれば、割とすぐに作って貰えるはずなので、ここまでは現状でも集めることが出来る。

……しかし、どうしても用意出来そうになかったのが、たこ焼きに合うソースだ。街で仕入れられるものと手持ちの調味料だけでは、納得出来るものが作れそうにない。

ソースがないたこ焼きをみんなに振る舞っても、きっと然程感動して貰えないと思うので、今回は潔く諦めることにした。

たこ焼きで感動を引き出せないなんて、負けた気分になってしまうから……。

ハマグリはバター醤油で食べる。これに異論は認めない。バターに関しては生クリームと塩を混ぜれば簡単に作れたはずなので、現在進行形でルゥが作っている真っ最中だ。

生クリームとは要するに、お乳の脂肪分なので、まずはモモコ印の牛乳から脂肪分を分離させる必要がある。

そのため、ルゥは牛乳が入っている瓶を両手に持って、くるくると回っていた。英雄としての身体能力を遺憾なく発揮しているので、無駄に高速回転だ。

「アルスって物知りよね。遠心分離《えんしんぶんり》、だっけ？　くるくる回るだけで、あたしのお乳が別の食べ物になるなんて、何だか不思議だわ……」

モモコは離陸しそうになっているルゥを眺めながら、感慨深いといった様子でそう呟いた。

「言っておくけど、俺はそんなに物知りじゃないぞ。本当に曖昧な知識しか持っていないからな……。それより、やっぱりモモコも、バターって知らなかったのか？」

「ええ、そうね。アルスからどんな食べ物か教えて貰ったけど、作っている人も食べている人も、見たことがないわ」

俺がモモコの答えを『やっぱり』と半《なか》ば予想していたのは、俺自身もバターをこの世界で見たことがなかったからだ。

色々な料理に使えるし、パンに付けても美味しいし、醤油と混ぜ合わせても美味しい。そんなバターが一国の王城で一度も使われていなかったということは、恐らく誰も作っていないか、作っている人が極端に少ないのだろう。

この世界は大して食文化が発展していないので、仕方ないと言えば仕方ない。特に乳製品はすぐ腐るので、多くの人たちにとっては試行錯誤《しこうさくご》することすら難しい。

「……アルス。ルゥ、頑張った。……これ、出来てる？」

ルゥが目を回してフラフラしながら、俺のもとに牛乳瓶を持ってきた。

中を確認してみると、見事に脂肪分が分離して塊《かたまり》になっている。

「完璧だけど、もう少し控え目に回ってもいいからな」

ハマグリが大き過ぎるからバターは沢山欲しいのだが、ルゥの手は二つしかないので、一度に牛乳瓶二本分しか生クリームを作れない。そのため、回数を熟《こな》す必要がある。

それなのに、この調子でくるくる回り続けていると、ルゥが立ち上がれなくなりそうだ。

「アルスっ、ボクも手伝うッピよ！　何すればいいッピ？」

「それなら、ピーナも生クリーム作りを……いや、鳥獣人には難しいか……。えっと、ピーナは生クリームと塩を混ぜて、バターを完成させてくれ。しっかり混ぜないと美味しくならないから、責任は重大だぞ」

「せ、責任重大ッピ……⁉　ぼ、ボクっ、頑張るッピよ‼」

ピーナは俺の指示に従い、牛乳瓶に溜まった脂肪分を木の器へ移して、少量の塩を混ぜ込んでいく。

今回は最終的にバター醤油を作るので、別に塩を混ぜなくても構わないのだが、この作業はこれからも定期的にやって貰うので、経験を積ませておきたい。

「主様っ！　まだ出来ぬのか⁉　我はもう、お腹ペコペコなのだぞ‼」

「いや、お前も手伝えよ。ルゥと一緒にくるくる回ってくれ」

みんなが働いている最中、アルティだけは自分の席に座り、食事用のナプキンを首元に掛けて、スプーンとフォークを握り締めた状態で待機していた。

牧草の上に置いてある大きめの木のテーブルと椅子、それから食器等は、つい先日街から取り寄せたものだ。

「わ、我っ、今日はもう大いなる働きをしたのだ……!!　朝一番にハッチーの様子を見に行って、ハッチーが巣分けしていることに気付いたのだぞ!?　だからっ、もう今日の労働は勘弁《かんべん》してたも……!!」

アルティが言う通り、ハッチーは今朝方に一世帯増えていた。

今までは一世帯だけだったので、蜂蜜の収穫量が大分心許《こころもと》なかったが、これで少しはマシになった。

「ハッチーが巣分けしたことは、確かに喜ばしい。……けど、それはアルティの手柄なのか？」

「当然であろう!?　偉大で強大で寛大《かんだい》なドラゴンであるこの我が！　毎日欠かさずに見回りをしていたから!!　ハッチーは安心して巣分け出来たと言っても過言ではないはずっ!!」

うーん……。まあ、アルティが言っていることも間違いではない……か？

今のところ外敵は現れていないし、その他の異常も見つかっていないが、それは結果論だ。アルティは見回りの仕事をしっかりと熟《こな》していたので、そこにケチを付けることは出来ない。

「…………仕方ないな。今回は見逃してやる」

「わーいっ！　主様は話が通じるから好きなのだ！」

何はともあれ、これでハッチーは二世帯になった。次の巣分けでは四世帯になって、その次が八世帯と、数が倍々になっていくはずなので、早めにハッチーの飼育区画を拡張しておこう。

ちなみに、家畜小屋を建てる第四の牧場魔法で作ったハッチーの巣箱は、コケッコーの家畜小屋と同じで、一部の畜産物を自動収集してくれる。

コケッコーの家畜小屋だと無精卵が、ハッチーの巣箱だと蜂蜜が収集されるようになっており、一日につき一世帯当たり、小瓶一本分の蜂蜜が手に入る仕組みだった。

——バター作りが無事に完了して、焼き始めた巨大ハマグリにバター醤油を投入すると、腰が砕けそうになるような良い香りが周囲に広がった。

食べ頃になった巨大ハマグリを切り分けている間、ルゥは滂沱《ぼうだ》の涎を垂らしながら、今にも飛び掛かりそうな目で俺の一挙手一投足を見つめている。

とりあえず、最初はそんなルゥの皿に、大きめに切り分けたハマグリを載せてやる。以前までのルゥなら、ここで真っ先に齧り付いていたのだが、最近はみんなで揃って食べるということを覚えたので、目を血走らせながらも必死に我慢していた。

この状況が長く続くのも可哀そうなので、俺はモモコの手を借りて、みんなの皿に切り分けたハマグリを手早く載せていく。

「——それじゃ、いただきます」

みんなが俺に続いて『いただきます』と声を揃え、実食を始める。

湯気が立ち昇る肉厚のハマグリに齧り付くと、仄《ほの》かな甘さのある旨味が口の中いっぱいに広がった。

バター醤油は味よりも風味によって、ハマグリの旨味を見事に引き立てている。それと、モモコ印の牛乳を使ったバターのおかげか、食べるだけで活力が漲《みなぎ》ってくる効果があった。

ハマグリそのものは俺たちの牧場の畜産物と違って、埒外《らちがい》な美味しさになっている訳ではないが、俺としては今までに食べてきた海産物の中で、最も美味しいと思える食材だった。

「アルスっ、アルスっ！　これって、あたしのお乳のおかげで美味しいのよね⁉　ねっ⁉」

モモコは胸を張りながら、自慢げに自分の大きな胸を揺らして見せた。

俺は目のやり場に困りながらも、実際にバターは極上の品質だったので、素直にモモコに感謝しておく。

「そうだな。バターの有無は実際に大きいし、みんなでモモコに感謝しよう。ありがとう」

「……モモコ。おっぱい、いっぱい、ありがと」

「ピー！　ありがとうッピ！　ボクも大きくなったら、モモコみたいに立派なおっぱいが欲しいッピよ！」

「モモコよ、感謝するのだ！　そして誇るが良いぞ！　我らドラゴンの雌にだって、お主ほどのお乳を出せる猛者はおらぬのだ！」

ルゥ、ピーナ、アルティが俺の後に続き、俺たちは一旦食事を中断してモモコの胸を拝んだ。

それからすぐに食事を再開して、誰もが食べた傍からおかわりを要求したので、巨大ハマグリはあっという間になくなってしまう。

「――よし、次はタコチューを食べてみよう。タコって硬いから、よく噛んで喉に詰まらせないようにしろよ」

俺は続いて、焼いたタコチューの切り身（大）を更に切り分けて、みんなに配っていく。

タコと言えば塩茹《しおゆ》でが俺の中では定番の調理方法だが、量が多過ぎて茹でるのは大変だったので、今回は丸焼きだ。

バターはハマグリを食べるときに使い切ったので、今回は醤油だけでいただく。

「ピー……。これ、食べるのが大変ッピ……」

「弾力があり過ぎて、味を楽しむ余裕がないな……」

タコチューの弾力は凄まじく、ピーナと俺は噛み切るだけで一苦労だった。

特にピーナは、口の構造が硬いものを噛み切るのに向いていないのだ。品種改良によって筋力を向上させていなければ、このタコチューには文字通り歯が立たなかっただろう。

味は変な雑味もない普通のタコだが、食感だけで久しぶりに『ああ、魔物の素材だ』と思わせてくれる。他の面々はどうかと様子を窺うと、英雄のルゥとドラゴンのアルティは言うに及ばず、格闘家のモモコも余裕の表情で、手を休めることなくタコチューを食べ進めていた。

「……アルス、食べない？　ルゥ、食べていい？」

「むっ、ルゥばっかりズルいのだ！　そういうことなら、我はピーナの分を食べてやっても良いのだぞ！」

早々にタコチューを食べ終わったルゥとアルティが、食べるのに苦戦している俺とピーナのタコチューを狙ってきた。

俺とピーナは顔を見合わせて、以心伝心《いしんでんしん》で同時に頷き、二人揃ってルゥとアルティにタコチューを差し出す。

「この状態で食べるのは俺とピーナじゃ厳しいから、今度から調理する前に棒で叩いたりして、柔らかくしないと駄目だな」

タコは非常に筋肉が発達している生物で、普通のタコですらとても硬いのだから、魔物のタコチューがそれ以上の硬さであることは最初から想定しておくべきだった。

――こうして、タコチューも食べ終わり、俺たちは本日最後の食材、ヒーリングカジキの切り身の実食に移る。

こいつは身体が白い魔物で、切り身も白色だったので、食材なのか怪しく思ったが、ルゥの嗅覚《きゅうかく》による判定は『問題なし』だ。

魔物の素材が食べられるものか否《いな》か、それは毎回のようにルゥの嗅覚を頼りにしているので、今回も信じて食べようと思う。

「どの部位が美味しいとか、俺は詳しく知らないからな。適当に焼いたけど、誰がどの部位を食べても恨みっこなしだぞ」

カジキにもマグロと同じく、大トロや中トロといった部位があると思うのだが、魚のことはサッパリ分からない。

今回はカジキの切り身も焼いただけだ。そろそろ香味醤油の節約を意識して、お塩でいただく。

「何だか塩だけだと、味気ないわね……。普通に美味しいとは思うんだけど、あたしも舌が肥《こ》えたのかしら……？」

「我も同感なのだ……。ど、どうしよう……これで物足りないと感じる今の我では、もう野生には戻れぬかも……」

モモコとアルティが難しい顔をしながら、それでも手を休めることなく、フォークでカジキの塩焼きを口に運んでいく。

ルゥとピーナは特に不満もなく、パクパクと美味しそうに食べているので、舌の肥え方は人それぞれらしい。

俺の感想としては、可もなく不可もなくと言ったところだ。

……まあ、思った以上に普通のカジキで、普通に美味しい。後で鳥獣人たちに、お裾《すそ》分《わ》けに行こう。

6話　作物の収穫

――俺たちが海の魔物を実食した次の日。

明朝、まだ太陽は出ていないが、東の空がうっすらと明るくなってきた時間帯。ぐっすりと眠っていた俺は、誰かに身体を揺さぶられて、朧気《おぼろげ》な意識を覚醒《かくせい》させた。

「……アルス、起きて。……ルゥの畑、変になった。一大事」

俺が目を開けると、ルゥの顔が間近にある。どうやらルゥは、仰向けで寝ていた俺の身体に伸《の》し掛かっているようだ。

とりあえず、俺はルゥを持ち上げて脇に退《ど》かすと、寝惚《ねぼ》け眼《まなこ》を擦りながら上体を起こして、ゲルの中を見回した。

他の面々はまだ熟睡しており、外が騒がしい訳でもないので、ルゥの畑が一大事だと言われてもピンとこない。

「あー……。よく分からないけど、見に行くか……」

まだまだ眠いが、俺は微睡《まどろ》みを振り切るように立ち上がって、ルゥと共に畑へと向かう。

——そして、畑に到着した俺たちの目に映ったのは、変としか言いようがない不可思議な光景だった。

トマト、ナス、ジャガイモ、タマネギ、キュウリ、ピーマン等々、様々な作物が蔦《つた》や根っこを手足のように動かして、畑を囲うように並び、どうしてだか仲良く踊っている。

「……アルス。ルゥの畑、変になった」

「あ、ああ、確かに変だな……。ファンタジーもここに極まれりって感じだ」

こんな光景を前にして、俺とルゥはどんな顔をしていいのか分からず、真顔で作物たちの踊りを眺めるしかなかった。

そんな俺たちの心情なんて置き去りにして、事態は更に予期せぬ方向へと進む。

踊っている作物たちの真ん中に、突如として眩《まばゆ》い緑色の光を放つ魔法陣が出現して、そこから一人のギャルが飛び出してきたのだ。

どうやらファンタジー世界ともなると、畑に野生のギャルが出現するらしい。

「いぇーいっ!!　あーしが召喚されるなんて、マジでチョー久しぶりだし!!　あっ、このナスとかキュウリって、キミたちが育てた感じ!?　こんなにデッカくて太いナス、あーし久しぶりに見た

し!!　キュウリもイボイボがいい感じに荒くって……ハァっ……ハァっ……!!　くぅーーっ!!　見てるだけでテンションあげあげーーーっ!!」

テンションが異様に高いギャルは、緩いパーマが掛かった緑色の髪を背中まで伸ばしており、垂れ目がちな瞳は鳶色《とびいろ》で、肌は日焼けサロンで軽く焼いたような小麦色だった。

外見年齢は十八歳前後で、スタイルは抜群《ばつぐん》。着ている衣服は肌の露出度が高いパステルグリーンの羽衣《はごろも》ローブだ。

爪、髪、衣服はギャルらしくデコレーションされており、全体的に安っぽくてキラキラしている。

「……アルス。ルゥの畑から、変なの出た。……敵？」

「変なのって……まあ、確かに変だけど……普通に話し掛けてきたから、敵っぽくはないな。……えっと、どちら様で？」

ルゥが警戒心を露《あら》わにして身構え、俺は一応ルゥの背中に隠れながら、目の前のギャルを誰何《すいか》した。

鼻息を荒くしながらナスとキュウリに頬擦りしていたギャルは、きょとんとしながら目を瞬《また》かせて、逆に疑問符を浮かべる。

「あーしのこと召喚したくせに、あーしが誰だか分かんないの？　えとね、あーしの名前はギャルディーテ！　生殖《せいしょく》と豊穣《ほうじょう》を司《つかさど》る女神だし!!」

いや、生殖って……随分と開けっ広げな女神が出現しちゃったな……。

堂々と『生殖』と言い放ったギャルに面食らいつつも、俺は努《つと》めて冷静に質問を重ねる。

「それで、女神のギャルさんは何をしに来たんだ？」

「何って、だからあーしを召喚したのはキミたちっしょ？　何の用があるのかって、あーしが聞きたいし！」

「いや、いやいやいや、俺たちは召喚した覚えなんてないぞ。畑の作物が勝手に踊ってて、そうしたらギャルさんが出てきたんだよ」

俺たちが辺りを見回してみると、先程まで踊っていた作物たちは全てをやり遂げたかのように横たわって、身動《みじろ》ぎ一つしなくなっていた。

俺とギャルはしばらく顔を見合わせて、同時に首を傾げたが、ギャルの方から『ま、いっか』と呟いて話し出す。

「あーし、こんなに愛情が込められた野菜を見るのは久しぶりだし！　とぉーーーっても気分がいいから、キミたちにとっておきの加護をあげちゃうし‼」

ギャルはそう宣言して、ニコニコ笑顔で俺とルゥに握手を迫ってきた。

果たして、この手を握ってもいいものか、俺たちは警戒して一歩だけ後ろに下がる。

「生殖と豊穣の女神の加護って、貰うとどうなるんだ？　まさかとは思うけど、年中発情期になったりしないだろうな……？」

「そーいう加護もあるけど、キミたちに今回あげる加護は『緑の手』だし！　これは簡単に言えば、植物を育てやすくなる加護っ！　だから、持っといて絶対に損はないし！」

「へぇ……。それが本当なら、普通に欲しいな……」

どうやらギャルは、思った以上に役立ちそうな加護を授けてくれるらしい。

間違えて年中発情期になる加護を授けたりしないよう、俺はしつこく念を押してから、ギャルの手を両手で握り締めた。

『緑の手』というくらいなのだから、きっと手に宿る加護なのだろう。それなら、片手だけではなく両手に貰っておいた方が、お得かもしれない。

「あーし、知ってるし！　『やるなよ、絶対やるなよ！』って、『嫌よ嫌よも好きのうち』の亜種《あしゅ》っしょ？」

「ちげーよ!!　マジでやめろよ!?」

ギャルの不穏な言葉を聞いて、俺は慌てて手を振り解《ほど》こうとしたが、その瞬間に俺の両手が淡《あわ》い緑色の光に包まれた。

そして、俺の手に光が浸透するように吸い込まれて、加護の授与が呆気なく終わる。

………うん、大丈夫。急激にムラムラし始めるとか、そんなことはないので、きちんと『緑の手』という加護を貰えたらしい。

この後、ギャルはルゥとも握手をして、同じように加護を授けた。

「これでよし、っと！　それじゃ、あーしはもう帰るね！　キミたちにはこれからも、大いに期待してるし！　バンバンいい作物を育てて、パンパン繁殖もするように！　産めよ、増やせよ、地に満ちよ!!　バイバーイっ!!」

ギャルはルゥが育てたナスとキュウリを自分の胸の谷間に挟み込んで、現れた時と同じような魔法陣の中に飛び込み、嵐のように去っていった。

「……アルス。ルゥの美味なもの、盗《と》られた？」

「ああ、なんか素知らぬ顔で、平然と盗んでいったな」

ギャルにナスとキュウリを盗まれたことで、ルゥはぷっくりと頬を膨らませたが、緑の手の恩恵次第では許してあげて欲しい。

……まあ、何はともあれ、今は作物を収穫するとしよう。

——作物の収穫が終わって、俺が真っ先に試したことは、牧場魔法による解体が作物にも通用するのかどうかだった。

その結果は、『通用しない』。つまり、畑で踊っていた作物たちは、家畜や魔物という扱いではないということだ。

この世界の作物はそういうモノだと、あるがままを受け入れるしかない。

ちなみに、収穫した作物はどれもこれも、通常の二倍くらいの大きさがあった。緑肥が良かったのか、それとも土に混ぜ込んでいるコケッコーの内臓が良かったのか……何にしても、喜ばしいことだ。

「むぅ……。騒がしくて目が覚めてしまったのだ……。主様とルゥは何をやっておるのだ？」

食料庫として使っているゲルに、俺とルゥが作物を運び込んでいると、アルティが欠伸《あくび》をしながら俺たちのもとにやってきた。

「見ての通り、収穫の真っ最中だ。まだ運んでない分が沢山あるから、アルティも手伝ってくれ」

「えぇっ!?　そ、それって、もしかして……お仕事、なのでは……？　うっ、頭が……！」

俺の指示を聞くや否や、アルティは大袈裟に蹲《うずくま》って、頭痛を堪《こら》えるように頭を抱えた。

「……アルティ。ルゥの美味なもの、分ける。……だから、働く」

ルゥがいつになく強い口調で、アルティにも仕事をさせようとしている。自分が育てた作物を分け与えるのだから、きちんと仕事をして欲しいということだろう。

アルティはちらりとルゥを見遣り、その気迫に圧されて渋々と作物の運搬作業に加わることにした。

「う、うむぅ……仕方ないのだ……。あっ、ところで、この野菜はどのように保存するのだ？」

「どうって、新鮮なままで食べたいけど、殆どは乾燥させるしかないな」

依然として冷蔵庫なんて便利なものはないので、こればかりは仕方がない。

作物は収穫時期がバラバラだと考えていたが、殆どが揃って収穫出来るようになったので、少し残念に思っている。

これでは、代わる代わる新鮮な野菜を食べるということが出来ない。

「ふむ……。我は前々から不思議であったのだが、主様は牧場の気温を魔法で変えられるであろう？　それなら寒い区画を作って、そこに食料を入れたらどうなのだ？」

「いや、第六の牧場魔法はあくまでも、家畜が過ごしやすい気温に変化させるだけだから、寒いのは無理だ」

俺は運搬作業を進めながら、アルティの指摘が的外れであることを伝えた。

しかし、アルティは首を傾げながら指摘を続ける。

「極寒の土地に生息する動物もおるのだぞ？　そういう動物だって、牧場に連れてきて飼育を始めたら、立派な家畜であろう？　そんな家畜にとっては、真冬のような寒さこそが、過ごしやすい気温になるのだ」

……あれ？　確かに、アルティの言う通りだ。

俺は身近な家畜を基準に考えていたが、アルティに指摘された途端、どんな気温にでも変化させられそうな気がしてきた。

そして、実際に食料庫だけを寒くするべく、魔法を使ってみると――本当に呆気なく出来てしまう。

気温を下げれば下げるほど、魔力の消耗は激しくなるが、ゲル一つを冷蔵室に変えるくらいなら、俺からすれば微々《びび》たる消耗だ。

「むふっ、むふふ……むふふふ……！　主様っ、我の助言は値千金《あたいせんきん》ではないか⁉　これはもう、一年分……いや半年分！　せめて半年分のお仕事を免除して貰えても、不思議ではないはず‼」

アルティが怪しげな笑みを漏らしながら、中々に断り難い要求をしてきた。

俺たちの生活において、冷蔵室を得られたという事実は非常に大きい。アルティの言う通り、この助言には半年分の仕事を免除してやるくらいの価値があるだろう。

しかし、半年も怠惰《たいだ》に過ごしたアルティが、その後になって再び仕事を始めるとは、どうしても思えない。

「うーん……。アルティの功績は認める……けど、半年は長過ぎるな。三日の免除なら許してやるよ」

「み、三日ぁ⁉　三日は少な過ぎるのではないか⁉」

「更に追加の報酬として、俺のおやつの蜂蜜を三回分、お前に譲ってやる。どうだ？　嬉しいだろ」

「む……むむむ……。も、もう一声っ！　もう一声欲しいのだ‼」

欲張りな奴め……。欲を掻くと損をすると教えるために、アルティが首を縦に振るまで報酬を少しずつ減らそうかと、そんな悪魔じみた考えが俺の脳裏を過《よぎ》る。

ここで、アルティは俺の不穏な気配を察知したのか、慌てて譲歩したような要求を付け加えてきた。

「じゃ、じゃあっ、我も主様の隣で寝たいのだ！　それさえ報酬に加えてくれたら、もう我儘《わがまま》言わないのだ！」

「隣……？　隣ってどういうことだ？　寝るときに誰が隣にいるかなんて、気にしたことなかったけど……」

「なっ、何を言っておるのだ⁉　いっつもいっつも、主様の隣はモモコとルゥが独占しておるではないか！　我も寝るときは、主様の隣が良いのだぞ‼」

アルティにそう言われて、俺は普段の就寝時の様子を思い返した。

すると——確かに、俺の左右には毎晩、モモコとルゥが陣取っていることに気が付く。

「まあ、寝るときなんて誰が隣でもいいし、別に構わないぞ。ルゥ、寝るときの場所をアルティと交代——」

「駄目。無理。嫌。……アルスの隣、ルゥのもの」

普段はワンテンポ遅れて喋り出すルゥが、俺と出会ってから初めて、食い気味に言葉を返してきた。

俺はそのことに戸惑いながらも、今のルゥに言うことを聞かせるのは不可能だと判断して、説得を諦める。

「そ、そうか……。それなら、モモコに代わって貰うか……。というか、何でアルティは俺の隣がいいんだ？」

「むっ、それは……その……我、キラキラしてるものが、大好きなのだ……。それで……主様は、ほら……頭のてっぺんから足の爪先まで、キラキラしておるから……特に笑ったときの主様は、それはもう凄まじいキラキラ具合で……ふへへ……」

アルティは頬を赤らめて、モジモジしながら俺の疑問に答えてくれた。

こいつが蜂蜜と宝剣に執心している理由。それが『光り物だから』ということは知っていたが、まさか俺にまでロックオンしてくるとは思わなかった。

これは色恋沙汰《いろこいざた》なのかと訝しむが、恋愛経験が豊富とは言えない俺には、判断が付かない。

「ええっと、つまり、アルティは俺のことが好きなのか？」

「う、うむ……。恥ずかしながら、有り体《あてい》に言えば、そういうことになるのだ……」

なら、俺のためにしっかり働けよ。それはもう馬車馬のように働いてくれ。俺はそういう奴が好きなんだ。

……と、そう思ったが、口には出さなかった。こういうときは、好感度を上げておくに越したことはない。

俺は幼少期から鍛えていた０円《ゼロ》スマイルをアルティに向けた。

すると、アルティは後光《ごこう》でも幻視したかのように、俺を直視することが出来なくなって顔を背《そむ》けてしまう。

その横顔が真っ赤になっていたので、きっと好感度は上がったのだろう。

7話　第二階層の戦利品　①

――俺たちが畑の作物を冷蔵室に運び終えた頃。ようやく朝日が顔を覗かせて、モモコとピーナも起床した。この後はいつも通り、朝食の時間だ。

折角新鮮な野菜が採れたので、今日の朝食はコケッコーの肉と卵を使った品に加えて、サラダも作ってみる。

レタス、キュウリ、タマネギ、トマトに、茹でたコケッコーのササミを刻んで入れて、軽く塩を振り掛けるだけで完成だ。

本当はマヨネーズを掛けたかったが、お酢《す》がないので作れない。俺の曖昧な前世の知識によると、お酢を作るには米が必要らしいが、残念ながら今回育てた作物の中に米はなかった。

そもそも、イデア王国や近隣諸国では稲作が行われていないので、稲穂を手に入れることすら出来そうにない。

……まあ、マヨネーズのことは一旦忘れよう。

見た限りだと、サラダを作るのに使った野菜の品質は申し分ない。俺たちは味を確かめるべく、『いただきます』と声を揃えてから、サラダを口に運び始めた。

レタスとキュウリの歯応えは小気味良く、口の中で何度噛んでも萎《しな》びないほど瑞々《みずみず》しい。

タマネギはピリッと辛くて、トマトには爽《さわ》やかな甘みがある。どちらも自己主張が薄く、何処か初々《ういうい》しい味わいになっていた。

このサラダの一口一口は、まるで新しい一口の始まりを想起させるようで、不思議と気持ちが前向きになってくる。

「……っ!?　こ、これっ、美味しいわね!!　美味し過ぎてびっくりしたわ!!」

全員が清々《すがすが》しい表情を浮かべながら、黙々とサラダを味わっていたところで、ハッと我に返ったモモコが真っ先に声を上げた。

牧草を美味しいと感じるモモコの味覚に、このサラダの美味しさは突き刺さったようだ。

ピーナとアルティも満足げなので、俺たちの牧場で初となった農作業は、大成功を収めたと言っていいだろう。

「文句なしの美味しさだッピ！　何だか無性に、空を飛び回りたい気分になるッピよ！」

「我、今までずっと、お肉ばっかり食べてきたから、お野菜がこんなに美味しいものだとは知らなかったのだ……！」

イデア王国のあちこちにある、高級作物の種や苗。それらをゼニスに集めてきて貰ったので、不味《まず》いものが出来るとは思っていなかった。

それでも、俺が王城で食べていた野菜よりもずっと美味しいので、これは予想以上の成果だ。

畑の世話を毎日頑張っていたルゥに、心から感謝しよう。

「……美味。これ、ルゥが育てた」

いち早くサラダを食べ終わったルゥが、むふーっと鼻を鳴らして自慢げに胸を張った。

基本的に肉食のルゥでも、美味しく食べられる野菜なので、誰が食べても満足する出来栄えに違いない。

俺たちは揃ってルゥに拍手を送り、引き続き畑の世話をするようお願いしておく。

「この美味しい野菜は、ルゥじゃないと作れなかった。だから、これからも畑仕事はルゥに任せるぞ」

「……ん、任せて。ルゥ、また頑張る」

この後、ルゥは自信満々といった様子の足取りで、自分が育てた作物を鳥獣人たちに分け与えに行った。

鳥獣人たちは、新鮮な野菜が食べられることを大いに喜んだので、俺は彼らに種と苗を渡して、鳥獣人用の新しい畑を作らせた。

緑肥となる牧草は俺が生やすことになるが、そこから先は全て、鳥獣人たちの仕事だ。ルゥ一人で住人全員分の作物を育てるのは、流石に大変だろうからな。


「――第三王子はん！　ウチや、ゼニスが来たでー！」

俺とルゥが、作物を育てるに当たっての注意事項を鳥獣人たちに一通り教えた後で、ようやく待ち望んでいた客人が牧場へやってきた。

虚空《こくう》から突然、荷馬車と共に姿を現した客人の名前は、ゼニス。

彼女は二十代前半くらいのスレンダーな女性で、水色の髪を肩まで伸ばしており、その毛先はくるりと内側に丸まっている。

それと、髪の隙間から覗く耳は人間のものよりも長く、彼女が『森人』という種族であることを示している。

瞳の色は青い宝石のようで、何処か知的に見える眼鏡《めがね》を掛けており、着ている衣服は緑色の旅装束だ。腕の部分には、大商人であることを示す金の秤のマークがキラリと光っている。

虚空から突然現れたのは、ゼニスが転移魔法を使えるからで、彼女はこの魔法を駆使して大陸中を飛び回り、毎日のように商《あきな》いに勤しんでいた。

「ゼニス、よく来てくれた！　首を長くして待っていたんだ！」

俺が腕を広げて大袈裟に歓迎して見せると、ゼニスは自分の身体を抱きしめてポッと頬を赤く染める。

「第三王子はん……！　もしかして、ウチの魅力にメロメロになってしもたん……⁉　第三王子はんにならら、特別に白金貨九千八百枚で、ウチのこと売ったるけど……」

「高っ！　……いやでも、転移魔法を使えて商業にも明るい人材だから……安い、のか？」

白金貨九千八百枚なんて貯められるか怪しいが、正直なところゼニスは人材として、喉から手が出るほど欲しい。

アルス領の財務大臣としての地位を約束するから、値下げしてくれないかな……？

俺が本気で購入を検討していると、ゼニスはからからと笑って俺の手を引っ張り、以前にも案内した来客用のゲルへ自分から足を運んだ。

「いやぁ、まさか真剣に考えてくれるとは思わんかったわ！　ウチもまだまだ、捨てたもんやないなー。ほんま、女冥利《おんなみょうり》に尽きるで！」

俺はゼニスを女性としてではなく、人材として求めているのだが……まあ、わざわざ訂正して機嫌を損ねることもないだろう。

寧《むし》ろここは、恋する幼気《いたいけ》な少年を装って、値下げ交渉を始めるべき場面だ。

「ゼニスには白金貨九千八百枚でも、到底足りないくらいの魅力がある。……だけど、流石に手の届く金額じゃないんだ。ゼニスの価値を低く見積もるような真似はしたくないけど、俺の淡い恋心に免じて、値下げして貰えないか？」

俺が営業用の０円《ゼロ》スマイルを向けながら、ゼニスの手の甲を擽《くすぐ》るように撫でると、彼女は頬だけではなく耳まで真っ赤にして、熱に浮かされたような表情をした。

――しかし、すぐにブンブンと頭を振って、我を取り戻してしまう。

「あ、あかんあかん！　その手には乗らんで!!　色仕掛けみたいなことされて値下げするなんてっ、商人としての一生の恥になってまう!!」

流石は大商人と言ったところか……。ゼニスは笑顔一つでどうにかなるほど、甘っちょろい相手ではなかった。……若干、惜しかった気もするが。

――俺はゼニスと今回の商談を始める前に、ダンジョンの第二階層で得た戦利品の鑑定を頼んだ。

どれもこれも見たことがないマジックアイテムなので、新たな商材探しに余念がないゼニスは、興奮気味に目を血走らせながら快諾してくれた。

まず最初に鑑定して貰うのは、ビリビリクラゲを解体したときに出てきた二つのアイテム。

片方は何の変哲もない拳大《こぶしだい》の電球で、もう片方は仄かに発光している黄色い液体が入った点眼瓶――つまり、恐らくは点眼薬。

ビリビリクラゲを解体しても、これ以外には何も入手出来なかったので、素材が手に入らないという初めてのタイプの魔物になる。

魔物を解体した際に出てきたアイテムからでも、因子を抽出することは可能だが、ビリビリクラゲの因子は小さなアイテム二つからしか抽出出来ないので、因子集めが中々捗《はかど》らない。

この因子の有用性はまだ確かめていないが、有用だったときのことを考えると、電球と点眼薬は価値のないアイテムの方が、俺の心が軽くなる。

牧場魔法によって魔物を解体したときに出る素材やアイテム。そこから因子を抽出すると、素材もアイテムも綺麗に消えてしまうので、価値があるものだと因子を抽出する際に心が痛むのだ。

「ふむふむ……。ほほぉ……。へぇ……。よっしゃ、分かったで！　こっちの丸っこい方は、魔力を込めるとしばらく光るランプみたいな代物やな。そんで点眼薬の方は、目に垂らすとしばらく目が光って、暗闇を見通せるようになるみたいや」

どちらもマジックアイテムで、その名称は電球の方が『光魔球』、点眼薬の方が『光眼薬《こうがんやく》』だった。

前者は銀貨九十八枚、後者は金貨一枚と銀貨四十八枚で買い取れるとゼニスは言ったが、俺は丁重にお断りしておく。

暗い夜は基本的に寝るだけで、そもそも下級魔法には小さな光の玉を浮かべる魔法があるので、この二つのアイテムは必要ない。だから、心置きなく因子を抽出してしまおう。

ビリビリクラゲの因子を使って生まれるのが、微妙な魔物だったら、これらのアイテムはゼニスに売ってもいいかな。

「――さて、次はこれを頼む。大体どんなアイテムか、予想は出来ているけど……一応な」

そう言って俺がテーブルの上に載せたのは、透明な液体が入っている注射器だ。

注射器と言えば因子だが、これはヒーリングカジキを解体した際に出てきたアイテムである。

ヒーリングカジキは自らの吻《ふん》で群れの仲間を刺すと、その仲間を回復させるので、十中八九この注射器は回復アイテムなのだろう。

「ふむふむ……。これは下級回復ポーションより上、中級回復ポーションより下、ってな具合の回復薬やな。回復効果は下級ポーションとほぼ同等やけど、即効性が中級ポーション並みや。買取額は金貨二枚と銀貨九十八枚にしとこか」

「悪いけど、これも売れないな。回復アイテムは幾らあってもいいものだし」

家畜ヒールがあるので使う機会は少なそうだが、俺自身には家畜ヒールの効果がないので、回復アイテムはずっと欲しいと思っていた。

――次に鑑定して貰うのは、パックンシェルを解体したときに、極稀《ごくまれ》に出てくる巨大な貝殻。巨大ハマグリとは別のもので、その見た目はパックンシェルと同じシャコ貝のもの。大きさは二メートルほどで、食材となる身の部分はない。

そして、見た目も質感も重そうだが、実は俺でも簡単に持ち上げられるくらい軽い。

解体時にこれが出たときは、ただの素材かと思ったが、貝殻を開けてみると中が黒く渦巻いており、底なし沼のようになっていた。そこに物を放り込むと幾らでも呑み込まれてしまうので、何らかのマジックアイテムであることは間違いない。

多分、ゴミ箱じゃないかと俺が予想していると、この貝殻に目を凝らしていたゼニスが、唐突にパンっと手を叩いて大きな歓声を上げる。

「ふおおおおおおおおおおおおおっ!! こっ、これは物品収納用のマジックアイテムやで!! これ一つに大きな倉庫一棟分くらいの物が入るんや!! しかもっ、状態保存効果と重量緩和のオマケ付き!!　これウチに売ってな!?　絶対売ってな!?　売ってくれんと恨むで!?」

「状態保存って……マジかよ、そんなに凄い代物だったのか……」

この高性能なマジックアイテムの名前は『貝殻倉庫』で、ゼニスが付けた買取額は一つ当たり、なんと白金貨三十四枚と金貨四十八枚だった。

……先程から思っているが、相も変わらず値付けがケチ臭い奴だな。白金貨三十五枚にしてくれればいいものを。

まあ、その金額に文句はないので、ゼニスには一つだけ売ることにした。今のところ貝殻倉庫は二つしか出ていないので、一つは牧場で使おうと思う。

ダンジョンが成長して生態系が変わると、パックンシェルも以前のアシハゼみたいに数が激減するかもしれない。貝殻倉庫は幾らでも使い道があるアイテムだから、その前に出来るだけ数を集めておきたいな。

「いやぁ、いい買い物したわー！　ウチのお財布、もうすっからかんやで！　こっから先は、ウチの寒くなったお財布事情を加味した値付けにしよか！」

「おい、嘘吐くなよ。まだ袋いっぱいに白金貨を詰め込んでいるだろ」

白々しいことを言って隙あらば値下げを狙うゼニスに、俺は牽制を入れつつも次のアイテムを鑑定して貰う。

——次にゼニスの前に置いたのは、タコチューを解体したときに出てきた口紅だ。

タコチューが使う魅了魔法のことを考えると、碌《ろく》でもないマジックアイテムのような気もするが……。

「あー、これはアカンやっちゃな……。この口紅を塗って誰かにキスすると、キスされた相手は魅了されてしまうんや」

「そうか……。やっぱり、そういうアイテムだったのか……。予想通りと言えば予想通りだな」

このマジックアイテムの名前は『魅惑の唇』で、ゼニスはこれに買取不可の烙印《らくいん》を押した。

何処の国でも魅了系の魔法やアイテムは、使用することを固く禁止されているので、これが売り物にならないのは当然のことだ。


——この時、俺とゼニスは気が付かなかった。

来客用のゲルの外で、誰かが聞き耳を立てていたことに。

「魅了って……好きになっちゃうって、ことよね……？　あれを使えば……アルスが、あたしを好きに……？」

8話　第二階層の戦利品②

口紅の鑑定が終わり、俺とゼニスはモモコ印の牛乳で喉を潤して、脱力しながらホッと一息吐く。

この牛乳のおかげで身体には活力が漲っている状態だが、大きな金額が動く取引をしたので、お互いに精神的な疲労を感じていた。当然、大商人のゼニスよりも、商売慣れしていない俺の方が疲れている。

もう十二分な成果を得られたので、今回の商談はこれで終わり……でも構わないのだが、実はまだ前半戦が終わったばかりだ。

「――よし、休憩は終わりにしよう。次の鑑定を頼む」

今日までに貝殻型の宝箱から手に入れたアイテム。俺はそれを一つずつ、ゼニスの目の前に置いていく。

まず手始めに、パックンシェルとの見分けが付かないような、色も同じ貝殻型の宝箱に入っていたアイテム――水着だ。第二階層にあった宝箱の中身の大半はこれだったが、形状と色の種類は非常に多い。

全部で五十着余りもあるので、この数にはゼニスもげんなりしている。

「あー……これ、当たりと外れが入り交じっとるで。当たりの水着は装備すると、水中で呼吸が出来るようになる優れ物や。けど、外れの水着は……ポロリの呪いが掛かっとる……」

「ポロリの呪い……？　まさか、勝手に水着が脱げる破廉恥《はれんち》なやつか？」

「せやで！　ただの破廉恥アイテムや!!」

これは当たり、こっちは外れ、とゼニスが次々に水着を仕分けしていく。

男の俺からすれば、むしろ呪いが掛かっている方が当たりに思えるが、そんな好感度が下がりそうなことを口に出したりはしない。

――数分後。最後の水着が外れの山に放り投げられたところで、俺たちは二人揃って深い溜息を吐いた。

なんと、当たりが二割、外れが八割という散々な結果だ。

「一応聞いておくけど、ポロリの水着の買取額は？」

「アホっ、買い取らんわ！　こんなん誰が買うねん!?」

邪《よこしま》な気持ちを抱く男性が、女性にプレゼントするために喜んで買いそうだが……こんなものを売り歩いたら、ゼニスの商人としての品位が下がるかな……。

再び溜息を吐いた俺は、外れの水着を纏めて袋に入れておく。

当たりの方は普通に有用なマジックアイテムなので、ゼニスは金貨二十八枚で買い取りたいと言ってきた。

貝殻倉庫のせいで金銭感覚が狂ってしまったのか、その金額を聞いても俺は全く驚かなかったが、前世の価値基準に当て嵌めると、金貨一枚は日本円にして十万円だ。

冷静に考えてみると、一着で二百八十万円の水着はヤバイ。

まあ、水中で呼吸が出来るというのは、それだけ魅力的なのだろう。俺としても利用価値があると思ったので、ゼニスに売るのは一着だけにしておく。

ゼニスは当たりの中から、楚々《そそ》とした青色のパレオ付きの水着を選んで、俺に代金を支払った。

「これも中々、ええ買い物やなぁ。魔物がおらんような海辺で、のんびりと遊びたいわー」

「ああ、その気持ちはよく分かる。……あのさ、この近くのダンジョンに海の階層があるから、近い内にみんなで遊びに行かないか？　浅瀬で遊ぶだけなら、それなりの安全は確保出来るぞ」

浅瀬で遊んでいる最中は、軍鶏たちに守って貰えばいいので、安全面は何とかなるはずだ。

そんな俺の提案に、ゼニスはパッと花が咲いたような笑みを浮かべた。

「それええな！　……あ、でもウチ、ちょっと大事な仕事があんねん。それ片付けたら、すぐ戻ってくるから、そしたら海へ行こか！」

「よし、それじゃ決まりだな。無理して急がなくてもいいけど、夏が終わる前には戻ってきてくれよ」

ゼニスと海へ遊びに行く約束を取り付けたところで、次のアイテムの鑑定に移る。今度は銅色の貝殻型宝箱に入っていたアイテムで、かき氷機のような見た目の代物だ。

ゼニスは指先で眼鏡の位置を整えながら、このアイテムを凝視して――カッと目を見開いた。

「これは……ッ!? かき氷機やな！ 見たまんまや！」

「そ、そうか……。なんかこう、マジックアイテムらしい特別な効果はないのか？」

「水を入れて魔力を込めると、氷を作ってくれるみたいやで。単純に氷を作るマジックアイテムとして、そこそこの価値があるなぁ」

この牧場だと氷なら冷凍室で作れるし、氷を削るのに態々《わざわざ》マジックアイテムを使う必要もないのだが……まあ、ルゥたちが好きな時にかき氷を食べられるよう、これは売らずに取っておく。

続いて鑑定して貰うのは、銀色の貝殻型宝箱に入っていたアイテムで、魔法陣が浮かんでいる船の設計図だ。宝箱の色から考えても、レアリティが高いアイテムだと思われるので、期待値はとても高い。

「ほほぉ……。ふぅん……。へぇ……！ 分かったで!! これは材料を集めた状態で、設計図の魔法陣に魔力を流すと、設計図通りの船が瞬く間に完成するっちゅう代物や！ 魔法陣の使用回数に制限もないし、国に売れば白金貨千枚以上は堅いやろなぁ」

「白金貨千枚⁉　マジかよッ⁉」

「マジやで。設計図を見た感じ、これは大型の帆船やな。普通なら一隻造るのに数か月は掛かる上に、人の手だと造船中のミスも有り得る。それに比べて、この設計図を使ったら完成は一瞬で、ミスも全くないやろ。これは正真正銘《しょうしんしょうめい》、国宝級の代物や！」

流石のゼニスも、白金貨千枚相当のマジックアイテムを前に、若干手が震えている。当然、それは俺も同じだ。

この設計図が十枚あったら、もうゼニスを買えてしまう。そう考えると、ゼニスを購入するというのが現実的に思えてきた。……ああでも、設計図は何度でも使える以上、二枚目以降から価値は大きく下がるかもしれない。

まあ、船の設計図は第二階層で初めて手に入れたお宝で、それ以降は設計図どころか銀色の宝箱すら一度も発見出来ていないので、いつになったら二枚目以降が手に入るのか不明だが……。

「大型の帆船なんて浪漫の塊だし、一隻くらい第二階層の海に浮かべたい気もするな……。ゼニス、これは今すぐ売った方がいいと思うか？　俺以外の誰かが、国に似たような魔法の設計図を売ったら、俺が持っている設計図は価値が下がるよな？」

「んー、他所の国に流されても困るやろうし、買取額はそう変わらんはずや。でもまぁ、今すぐにウチが買い取るのは無理やで？　流石のウチも、白金貨千枚は持ち歩いとらんわ」

ゼニスの言葉に納得した俺は、さてどうしたものかと頭を悩ませる。

手元に残しておいても価値が下がらないのであれば、俺としては折角だし、帆船を作ってみたい。

しかし、第二階層の海はサブマリンコッコーたちに任せれば、問題なく探索を行えるので、正直なところ船そのものは無用の長物になりかねない。製造過程を短縮出来るとはいえ、材料費は必要になるので、無駄遣いと言えば無駄遣いだ。

うーん……。俺の希望的観測が混じっているけど、第二階層で船が必要になる可能性だって、有り得ないとは言い切れない。

やっぱりここは――

「よしっ、決めた！　俺は船を造るぞ‼　ゼニス、船の材料を仕入れて貰えないか？　売らなかった方の貝殻倉庫を貸すから、いい感じに使ってくれ」

「え、造るん……⁉　ほんまに……？　こんなん個人で所有するなんて、道楽《どうらく》みたいなもんやで……？」

俺は船を造ろうと決意したが、ゼニスは半信半疑になって忠告してきた。

ゼニスの言う通り、これは道楽みたいなものだが、第二階層で必要になる可能性だってあるのだから、一から十まで俺の趣味という訳ではない。

それに、俺の男としての直感が囁いているのだ。

「……なんかさ、ここで造らないと、俺は一生後悔することになると思うんだよ。男には、浪漫を優先しないといけない瞬間ってのが、人生で必ず一度はあるものなんだ」

往々にして、そういうときの男とは、傍から見ると大馬鹿野郎に見えるものだが、男の生理現象だと思って許して貰いたい。

「そない大袈裟な話なん!? ま、まぁ、お金さえ払ってくれるんやったら、ウチは別にええけどな……。森人の里は林業が盛んやし、貝殻倉庫を使えば仕入れは簡単や」

「ああ、頼んだ。別に完成を急ぐ必要はないから、仕入れは少しずつでも構わないぞ」

こうして話が纏まったところで、俺は満を持して、最後に残ったアイテムの鑑定をゼニスに任せる。

それは、金色の貝殻型宝箱に入っていたアイテムで、見た目は何の変哲もないビーチボールだった。

だが、宝箱のグレード的に、これがただのビーチボールということは有り得ないはず……。何せ、一つ下のグレードと思しき銀色の宝箱には、魔法の設計図が入っていたのだ。

金色の宝箱なんて他に一つも見つかっていない上に、これがあった海底の岩場は、非常に複雑な海流に囲まれていた。

その海流は謎解き要素になっており、金色の宝箱には『ギミックを攻略しなければ入手出来ない』という、他の宝箱にはない付加価値があることになる。

件《くだん》のギミックは、宝箱を取りに行こうとしても海流に呑まれて、外に追い出されるというもの。

攻略方法は単純で、海流の特定の位置に飛び込むと、宝箱のところまで勝手に流されるようになっていた。

ちなみに、これは人海戦術によってあっさりと攻略出来ている。何度も流されるサブマリンコッコーたちの姿は哀れだったが、犠牲者は出ていない。

「――鑑定が終わったで。……第三王子はん、なんか期待しとるみたいやけど、これは残念ながら微妙なマジックアイテムや」

ゼニスはそう前置きしてから、俺に鑑定結果を教えてくれた。

このアイテムの名前は『罰ゲーム付きビーチボール』――。これを地面に叩き落すと、最も近くにいる者の頭上から、金盥《かなだらい》が落ちてくるらしい。

「……………え、それだけ？」

「せやで。それだけや」

何かの間違いであって欲しいと、そう願いながら確認を取った俺だが、ゼニスは無慈悲《むじひ》にも即座に肯定した。

武器として使えるかもしれないが、とても金色の宝箱から出たとは思えない微妙なアイテムだ。

遊び道具として使うにしても、金盥が落ちてくるなんて普通に危ないし、有効活用する方法が思い付かない……。

ゼニスも不要だと思っているのか、買取には消極的なので、仕方なく倉庫に入れておく。

「まあ、最後はガッカリだったけど、全体的に満足出来る鑑定結果だったな。ゼニス、ありがとう。助かったよ」

「気にせんでええよ。ウチも欲しいもんもろたし、今日は大満足や！」

からからと笑うゼニスを見て、俺は意外に思った。

てっきり鑑定料を請求してくるかと身構えたのだが、杞憂《きゆう》だったようだ。王冠とティアラを鑑定して貰ったときも無料だったので、鑑定料を取らないことで発生する旨味があるのかもしれない。

……ゼニスに鑑定を任せるということは、ゼニスが新しいマジックアイテムの買取交渉を真っ先に行えるということなので、これが理由だろうか？

そうだとしたら、俺が損をする話ではないので、気にするほどのことでもなさそうだ。

「――あ、そうだ。美肌ポーションと育毛ポーションはどうする？　前ほどの数は集まっていないけど、買い取っていくか？」

「それは勿論やで!!　もうな、アレは需要があり過ぎて、はよ仕入れてこいってみんな煩《うるさ》いんや！」

俺が件のポーションを幾つかテーブルの上に並べると、ゼニスは飛び付かんばかりの勢いで身を乗り出してきた。

これらのポーションはアシハゼを解体して得られるものだが、アシハゼはかなり弱い魔物なので、ダンジョンの成長と共にその数を大きく減らしている。

それでも、全くいない訳ではないので、ポーション集めはちまちまと続けていた。

「需要が増えたのなら、買取額を値上げしてくれても――」

「あかんあかん！　値上げって言葉、ウチの前で使わんといて！　持病の癪《しゃく》が出てまうから!!」

ゼニスは聞く耳を持たないと言わんばかりに、自分の両耳を手で塞ぎながら、首を激しく左右に振った。

……こんな拒絶の仕方が通用するほど、今の俺は甘くないぞ。

「商人の伝手なら他にも出来たし、売る相手をゼニスに絞る必要は、もうないんだけどなぁ……」

「えぇっ!?　そ、そんな殺生《せっしょう》な!?　ウチっ、めっちゃ第三王子はんに貢献してますやん！　そない酷いこと言わんといてぇ!!」

「いやでも、ゼニスを買うための資金を集めないといけないから、俺としては手段を選んでいられないんだ」

俺は必要かどうかも分からない船を造るために、大量の木材を購入しようとしている。

そんな俺が、一体どの口でこんなことを言うのか……。自分でも突っ込みどころしかない台詞だと理解しているが、そこは鍛え抜いた笑顔で誤魔化《ごまか》しておく。

「えっ……ほ、ほんまにウチのこと、買うつもりなん……？」

「ああ、本当だとも。購入予約しておくから、他の人に売ったりするなよ」

俺は冗談ではないと示すべく、ゼニスに深々と頷いて見せた。魔法の設計図の値段を聞いた辺りから、ゼニスの購入は現実的なものに思えてきたので、本気も本気だ。

すると、ゼニスは頬を赤らめながら視線を彷徨《さまよ》わせて、しばらくの間、言葉にならない呻き声を漏らす。

そして――

「あー……っ、うー……っ、し、白金貨二枚……！　白金貨二枚や！　美肌ポーション一本で、白金貨二枚っ！　育毛ポーションは一本で、白金貨一枚っ！　これでええやろ⁉　もう堪忍《かんにん》して‼」

実に呆気なく、二倍の買取金額になった。いつもの中途半端な金額を出してこない辺り、それなりに動揺しているらしい。

それにしても、こいつは幾ら儲けているのだろうか？

儲け次第では、もっと値上げして貰いたいのだが……いや、欲張ると好感度が下がりそうだし、今回はこれで良しとしよう。

――この後、調味料や未だに育てていなかった作物の種など、ゼニスが調達してきてくれたものを買い取って、今回の商談も恙《つつが》なく終わらせた。

「ゼニス、今日はここに泊まっていくか？　夕飯とか、美味しいものを用意するぞ」

「いやぁ、魅力的なお誘いやけど、仕事があるし今回はやめとくわ。次っ、海へ遊びに行くときは、遠慮なくお泊まりさせて貰うで！」

「そうか、仕事なら仕方ないな……。ゼニスに何かあったら困るから、気を付けて帰れよ」

ゼニスには転移魔法があるので、危険なんて滅多にないだろう。それでも、こういう些細《ささい》な言葉の積み重ねが、良好な人間関係の土台になるのだ。

俺がゼニスを見送るべく、一緒にゲルの外へ出ると、自分の荷馬車に飛び乗ったゼニスが、ふとした疑問を投げ掛けてきた。

「――そういえば、世界樹の果実はどうしたん？　どうせ割れてないとは思うんやけど……あっ、返品はなしやで！」

「ああ、アレか……。割れなかったから、土に埋めたよ。木が生えてくることを期待しているんだ」

正直、世界樹の果実を返品しようとは欠片も考えていない。

ルゥの全力の一撃でも掠り傷一つ付かないなんて、途轍もないレアアイテムに決まっているので、手放すのが惜しくなってしまったのだ。

「アレを売ったウチが言うのもなんやけど、世界樹が生えてくるなんて期待せんでな……？　世界樹は『緑の手』っちゅう、大昔の森人が持っていた力がないと、育たないらしいんや。ほんまに実在した力なのか不明やけど、今んところ新しい世界樹を育てられた人は、この世界の何処にもおらんって言われとるんよ」

「緑の手……？　それって――」

「ほな、ウチはもう行くわ！　第三王子はんも、身体には気を付けてなー！」

自分の手のひらを見つめた俺が、緑の手に関する話を切り出す前に、ゼニスは手を振って転移してしまった。

9話　異変

――ゼニスが牧場を去った次の日。

この日は早朝から空が曇っており、不毛の大地全体が不快な湿気《しっけ》に包まれていた。

俺がゲルの中で目を覚ますと、いつもと何かが違う気がして、ぼんやりしながら周囲を見回してしまう。

右を見ると、俺の隣でルゥが寝ている。……いつも通りだ。ちょっと寝相が悪くて、お腹がぺろんと出ているので、服を元通りにしておいた。

左を見ると、俺の隣でモモコが寝ている。……いつも通りだ。モモコの寝顔はいつも通り、筆舌に尽くし難いほど魅力的で、世界一可愛い。こんなに可愛い生物が存在しているなんて、この世界における一番のファンタジー要素とは、モモコのことで間違いない。俺は思わず、寝ているモモコの頬にそっと触れて、幸せを噛み締めてしまった。モモコと出会えたことが、俺の今世における最大の幸福であり、それ以外の要素は全てが蛇足《だそく》だと言っても過言ではない。嗚呼《ああ》、好きだモモコ。愛してるよモモコ。

「うーん……。一体何がいつもと違うんだ？」

ピーナはルゥの右隣で、アルティは世界一可愛いモモコの左隣で寝ている。

昨日、アルティは俺の隣で寝たいと言っていたが、モモコに場所を譲って貰えるよう交渉したところ、素気なく断られていた。

俺としては、就寝時に世界一可愛いモモコが隣からいなくなるなんて、とてもではないが耐えられないので、今まで通りで大いに安心している。

そんなことを思い返している間に、他の面々も一人ずつ起床して、今日も俺たちの穏やかな牧場生活が始まった。

「……アルス。ほっぺ、何か付いてる」

「わああああああああああっ!!　駄目っ！　駄目よルゥ!!　それを消したら駄目なのよっ!?」

寝惚け眼を擦っているルゥが、ふと俺の頬に手を伸ばしてきた。

しかし、モモコが大慌てでルゥを制止する。ちなみに、慌てているモモコも世界一可愛い。嗚呼、好きだモモコ。愛してるよモモコ。

モモコが大声を出したことで、ピーナとアルティもこちらを注視した。

「ピッ!?　アルスっ、ほっぺに血が付いてるッピよ!?　怪我したッピ!?」

「ピーナ、違うのだ。主様の頬に付いているのは血ではない。それなら我、においで分かるから……あれは多分、ただの赤い塗料なのだぞ」

どうやら、俺の頬に何かが付着していることは間違いないようだ。

擦れば落ちるだろうと自分の手を伸ばすと、ここでもモモコが制止してくる。

「駄目っ！　アルスっ、それを消したら駄目よ!!　それは——そう！　幸運の印なの!!」

「へぇ……。なるほど、世界一可愛いモモコがそう言うなら、絶対に間違いないな。これは消さないでおくよ」

モモコには博識な解説者としての実績もあるし、何より世界一可愛いモモコが嘘を吐くはずがない。

と、ここで、ルゥが訝しげにモモコを見遣り、一瞬で肉迫した。

「……モモコ、何か変。……焦ってる？」

「あ、あ、焦ってにゃいわよ⁉　全然っ、これっぽっちもね‼」

モモコは上擦った声を震わせながら、視線を左右に彷徨わせた。

まるで、動揺しているかのようだが、どうしてそんな反応をするのか、俺には皆目《かいもく》見当も付かない。

とりあえず、ルゥが世界一可愛いモモコを困らせているようなので、俺はルゥの両脇に手を入れて持ち上げ、モモコから引き離しておく。

「アルス、怪我じゃなくて良かったッピね！　しかも幸運の印だなんて、朝からいいことがありそうだッピ！」

「うーむ……？　我、唇の形をした幸運の印なんて、聞いたことがないのだぞ」

アルティの話によると、どうやら俺の頬に付着している幸運の印は、キスマークのような形をしているらしい。

まあ、ここは畑の作物が突然踊り出して、生殖と豊穣の女神が現れたりするファンタジー世界だ。

俺が眠っている間に、何の脈絡もなく幸運の女神が現れて、頬に口付けしてくれたという可能性も十分にある。

……どうせ口付けされるなら、俺は世界一可愛いモモコにして貰いたかった。

「幸運の印のことはともかく、腹が減ったから朝食の準備をしよう。モモコ、一緒に調理しような」

「ええっ、そうね！　任せておいて！」

ルゥに冷蔵室まで食材を取りに行って貰って、俺はモモコと一緒に手早く調理を始める。

愛情は料理の隠し味だと言う人もいるが、あれは間違いなく嘘だ。もしも愛情に味があったら、俺とモモコの共同作業だと、隠し切れないくらい愛情の味が濃くなるはず……。

しかし、今までにそんなことがあった例はない。これはつまり、愛情には味がないという何よりの証拠だろう。

そんな益体《やくたい》もないことを考えながら、俺は黙々と手を動かした。

時々、モモコと手が触れ合って、お互いに顔を見合わせ、くすぐったさを感じる笑みを浮かべてしまう。嗚呼、好きだモモコ。愛してるよモモコ。

——本日の朝食は、肉と野菜を適当に炒めて塩胡椒を振り掛け、目玉焼きを載せれば完成だ。無論、世界一美味しいモモコ印の牛乳もある。

ちなみに、胡椒は畑での栽培に成功しているので、もうそこまで慎重に使っていく必要はない。

「……アルス。今日、なにか変。……とても、変」

「うん……？　一体俺のどこが変なんだ？　いつも通りだと思うけど……」

俺とモモコが調理を終えて、肉野菜炒めを木皿に盛り付け、みんなが座っているテーブルに並べたところで、ルゥが俺にジト目を向けてきた。

何が変なんだと問い掛けると、ルゥはモモコの目の前に置かれた皿と、他の面々の前に置かれた皿を頻りに見比べる。

……何だ？　何が言いたいんだ？

「わ、我もこれは変だと思うのだぞ……!?　なんか……っ、モモコのお皿だけ、明らかに山盛りなのだ……!!」

「ピー？　モモコ、今日はいっぱいお腹が空いてるッピ？」

アルティもルゥに続いて、それは変だと指摘してきた。ピーナも不思議そうに小首を傾げている。

確かにモモコの皿には、他の面々の十倍くらいの肉野菜炒めが盛り付けられているけど——別に、何も変ではない。

「モモコは世界一可愛いんだから、これくらいは当たり前のことだろ？」

「も、もぉ！　アルスったら、嬉しいこと言ってくれるんだからっ！　ほら、あたしのお乳っ、いっぱい飲みなさいよね！　足りなかったら、もっとも――っと、搾ってあげるわ!!」

モモコは頬を赤らめながら、にまにまと可愛い笑みを浮かべて、俺に牛乳を飲むよう勧めてきた。

当然、俺は誰よりもいっぱい飲むつもりだ。何故なら、俺のモモコへの愛情は、誰にも負けないのだから。

†

――しばらくして、朝食の時間が終わった後。アルスは日課であるソルとルナの餌やりのために、ゲルから出ていった。

それと同時に、様子がおかしかったモモコも、軍鶏たちの訓練とウッシーの世話をするべく、ゲルから出ていく。

こうして、ゲルの中にはルゥ、ピーナ、アルティの三人が残った。この三人はすぐに肩を寄せ合って、コソコソと内緒話を始める。

「……ルゥのアルス、変になった。……犯人、モモコ。絶対」

そう断言したルゥにアルティは同意して、それから今、アルスがどういう状態になっているのかを特定する。

「うむ。主様がルゥのものであるかは置いておくとして……まぁ、誰がどう見ても、犯人はモモコであろうな……。それと主様は、恐らく魅了状態に掛かっておるのだ」

「ピー……？　ボク、よく分からないッピ。どうしてモモコがアルスを魅了するッピ？　アルスは元々、モモコが好きだッピよ？」

小首を傾げるピーナの何気ない一言に、アルティは身体を仰《の》け反《ぞ》らせて驚いた。

「えぇっ!?　あ、主様って、モモコのこと好きだったのぉ!?　わ、我……ちょっとショック、かも……。狙ってたのに……」

「アルティがどうして落ち込むのか、分からないッピ。アルスはモモコだけじゃなくて、ルゥもボクも、アルティのことだって、ちゃんと好きだッピよ？」

「え……あ、ああ、ピーナが言う『好き』って、親愛的なやつなのだな……」

恋愛のレの字も知らないピーナの純粋さに、アルティは振り回されてしまった。

そんな二人のやり取りをぼうっと眺めていたルゥが、話の流れを修正する。

「……アルスのほっぺ、何か付いてた。あれ、怪しい」

「う、うむ。まぁ、誰がどう見ても、アレが怪しいであろうな……。主様を魅了状態にしておる原因は、十中八九あの印なのだ」

アルスの頬に付いていたのは、謂わばキスマークというやつだ。あれを消せば、この問題は解決するだろう。

　そして、キスマークを消す程度のことなら、ここにいるメンバーを考えれば容易いはずだ。何せ、ドラゴンであるアルティと、英雄であるルゥが手を組める。現実的に考えて、この二人で実力行使に出れば、最早誰にも止められない。

　念のために、鳥獣人たちにはピーナから事情を説明して貰って、邪魔されないように根回ししておく。

　キスマークを消すに当たって、アルスとモモコを敵に回すと考えると、軍鶏たちは全員が向こう側に付くと見て間違いない。ソルとルナだって、今回の事情を理解出来るほど賢くはないので、何の疑いもなくアルスに付き従うはずだ。

　家畜たちを今回の戦いで殺《あや》めてしまうのは後味が悪いので、ルゥとアルティには手加減が求められる。

　アルスには家畜ヒールがあるので、手加減したままだと不死鳥の如く、軍鶏たちは何度でも立ち上がるだろう。……だが、そんな事情を加味したとしても、まるで脅威には思えないほど、英雄とドラゴンが手を組んでいるという優位性は大きかった。

「二人がアルスのほっぺの印を消したいのは、よく分かったッピ。……でも、すっごく難しいと思うッピよ？　ボク、アルスには勝てない気がするッピ」

「うっ……。そ、そう言われると、我もそんな気がしてきたのだ……。一個人で見たら、主様は別に強くないのに……何だかこう、嫌な予感がひしひしと……」

誰がどう見ても、優位性はこちらにある。そのはずなのに、アルス一人の存在が『勝利』の二文字に霞《かすみ》を掛け始めていた。

ピーナとアルティは顔を見合わせて、萎《しお》れた朝顔のような表情で肩を震わせてしまう。

誰も与《あずか》り知らないことだが、この敗北感の原因になっているのは、アルスの天職である牧場主の隠された力だった。その力には、家畜たちの反抗を抑制する効果がある。

アルスが望んでいないことを強行しようと決めた瞬間、アルティたちの心には自《おの》ずと敗北感が滲《にじ》み出《だ》して、身体能力も一割ほど減少していた。

「……アルス、変なことする。いつも」

まだ粗末なテントで寝泊まりしていた頃から、ルゥはアルスと生活を共にしている。

そのため、アルスが不可思議な牧場魔法によって、誰も予想だにしなかった現象を何度も引き起こしてきたことを知っていた。

だから、もしかしたら今回も、何らかの驚くべき魔法が飛び出してくるのではないかと、警戒心を過去最大にまで引き上げる。

やる気になったルゥが放つ、肌を刺すような闘気。それに当てられて、アルティも覚悟を決めた。

「き、気弱になっても仕方ないのだ……！　我も覚悟を決めようぞ……!!　主様に我らの行動を勘付かれると、厄介なことになるかもしれぬ。拙速《せっそく》は巧遅《こうち》に勝《まさ》るとも言うし、早速だが行動しようぞ！」

アルティの言葉に、ルゥとピーナは頷いて立ち上がった。

この話し合いで碌な作戦は思い付かなかったが、とにかくルゥとアルティが真正面からアルスに突っ込み、有無を言わさず速攻で頬のキスマークを消す。

ピーナはその間、鳥獣人たちが動かないよう説得に当たるのだ。

これはとても単純な、作戦とも言えない作戦だが……彼我《ひが》の戦力差を考えれば、アルスが防ぐのは困難だろう。

10話　自白と開戦

——朝食をとった後、俺はソルとルナの餌やりを終わらせてから、鳥獣人たちがせっせと運んでくるコケッコーの解体を行った。

今日も大量に獲得したラブは、台車に載せて倉庫用のゲルまで持っていく。そこは俺の宝物庫だ。

「……あっ、そういえば、口紅から因子を抽出しないとな」

昨日のゼニスの鑑定によって、危険物だと判明した『魅惑の唇』というマジックアイテム。これはタコチューを解体した時に出た代物なので、因子を抽出すれば跡形もなく消える。

残しておくのは危ないので、さっさと消してしまおうと決めていたのだが、昨日はゼニスにして貰った鑑定が白熱し過ぎて、すっかり忘れていた。

俺は倉庫の中に保管してあったマジックアイテムを漁り、幾つかの口紅を取り出す。一つ、二つ、三つ……あれ？　四つ目がない。

口紅はタコチューを解体した際に必ずしも出るものではなく、比較的出現率が低いアイテムだった。それでも、サブマリンコッコー艦隊が頑張ってくれたおかげで、計四つの口紅が集まっていたのだが……。

「まさか、誰かに盗まれたのか？」

この倉庫には危険か否か不明な、鑑定前のマジックアイテムも保管していたので、俺、モモコ、ルゥ、ピーナ、アルティの五人が生活しているゲルから、少し離れた場所に建ててある。

しかし、何者かが忍び込もうとすれば、ルゥとアルティが気付くだろう。それがたとえ、眠っているときでも。

二人ともものんびりと暮らしているが、腐っても鯛《たい》ならぬ、腐っても英雄とドラゴンなので、その辺りは信用していい。

二人が畑の世話やハッチーの様子見などで、居住区から離れることもあるが……その程度で二人の感知範囲内から、この倉庫が外れることはないはずだ。

――ただし、この牧場には、ルゥとアルティの感知に引っ掛からない者たちがいる。

それは、普段から寝食を共にしている俺たち五人。これは別に、俺たちが気配を欺《あざむ》く特殊技能を有しているとか、そんなことでは一切ない。

単純に、仲間意識から警戒する必要はないと、ルゥとアルティが判断しているのだ。……悲しいが、今回はそんな仲間意識が仇《あだ》となってしまった。

状況的に、口紅を盗んでいった容疑者は五人となるが……俺は当然盗んでいないし、世界一可愛いモモコが盗みを働くなんて有り得ない。

つまり、容疑者は必然的に、ルゥ、ピーナ、アルティの三人に絞られる。

「ルゥは食いしん坊だから、口紅を食べ物だと勘違いした可能性が――いや、ないな」

ルゥは今の今まで、盗み食いなんて一度もしたことがない。群れの掟はきちんと守るタイプで、しかも今は困窮している訳でもないので、ルゥが犯人という線は考えなくていいだろう。

ピーナは絵に描いたような『良い子』なので、こちらも犯人ではない気がする。鳥頭なので偶《たま》にアホなことをやらかすが、最近はそれも改善の兆しが見えてきた。

アルティは蜂蜜や宝剣といったものを欲しがったとき、必ず俺に強請《ねだ》っていたので、口紅だけ黙って持っていったという可能性は――

「いや、あるな……。十分にあるぞ……」

アルティの勤労意欲の低さは異常なので、俺を魅了してニート生活を満喫しようとしても、何ら不思議ではない。

まあ、ルゥは悪意や敵意に敏感なので、ルゥを白だと断定するなら、悪意を持って口紅を盗んだ者はいないということになる。

誰かしらが悪意や敵意を持って行動を起こしたら、幾ら仲間内でもルゥが黙っていない。

「こう考えると、ますますアルティが怪しく思えてくる……。悪意はないとして、出来心で持っていったか……？」

断定するのは可哀そうだが、これも日頃の行いだ。本当にアルティが犯人だったら、ちょっと小突けばすぐに自白するだろう。あいつ、ドラゴンの癖に気弱だからな。

こうして、俺がアルティのもとへ向かおうとしたタイミングで――世界一可愛いモモコが、やや気まずそうな表情を浮かべながら、倉庫の中に入ってきた。

「あ、アルス……。その、ちょっとだけ……時間、いいかしら……？」

「どうした？『ちょっと』なんて言わず、モモコのためなら百年でも千年でも時間を取るぞ」

「あ、うん……。えっと……それは、凄く嬉しいんだけど……なんか、その、ごめんね……」

いつも快活で言いたいことをズバッと言うモモコには珍しく、今は妙に歯切れが悪い。

しかも、何故だか申し訳なさそうな表情をしており、そんなモモコの顔を見ていると、俺の胸はギュッと締め付けられた。

………誰だ？　世界一可愛いモモコに、こんな顔をさせた大悪党は、一体何処の誰なんだ？

「あ、あのね、アルス……これ……っ、勝手に持っていっちゃって、ごめんなさい……!!　あたしっ、アルスに魅了を掛けちゃったの……!!」

沸々《ふつふつ》と湧き上がる怒りに俺が支配されそうになっていると、モモコが勢い良く頭を下げながら、俺に何かを差し出してきた。

それを受け取ると——見るからに口紅だ。

それも、ただの口紅ではなく、魅惑の唇というマジックアイテム。つい今し方、なくなっていたことに気が付いた代物だった。

「ど、どうしてモモコが、これを……しかも、俺に魅了……？」

「すっ、好きだから!!　あたしっ、アルスのことが好きで……それで……それでっ、魔が差しちゃったの……!!　アルスもあたしのことを好きになってくれたら、とっても嬉しいと思って……でも、こんな方法、やっぱりズルだって、いつもと違うアルスを見て思ったの……。本当に、ごめんなさい……」

モモコはそう謝罪して、自分の服の袖で俺の頬を拭《ぬぐ》おうとする。

だが、俺はその手を優しく掴んで、静かに頭を振った。

「馬鹿だな、気にすることなんてないんだ。魅了になんて掛かってなくても、俺が世界一可愛いモモコを好きになるのは、至極当然のことだろ？　それはもう、自然の摂理と言っても過言じゃない」

「えっ……そ、そうかしら……？」

頬を赤らめて、もじもじと身動ぎするモモコに、俺は力強く頷いて見せる。

「そうだよ。モモコは可愛くて、胸が大きくて、美味しいお乳もいっぱい出してくれる。こんなの、好きにならない方がおかしいだろ？」

「そ、そう言われてみると……確かに……!!　あたしは可愛いし、おっぱいが大きいし、美味しいお乳もいっぱい出るものね!!　つまりっ、あたしとアルスは最初から相思相愛ってこと!?」

「ああ、その通り！　間違いなく相思相愛だ!!　それに、不毛の大地で一人ぼっちだった俺のところに、誰よりも先に来てくれたのは、モモコだったからな……。あの日の俺たちの出会いは、赤い糸で結ばれた運命だったんだと思う」

この後、俺とモモコはお互いの名前を呼び合って、きつく抱き締め合い、それから顔を見合わせ、額をくっ付けながら微笑み合った。

「好き好きっ、アルス大好きっ！　……それじゃあ、もうキスマークは消してもいいわよね？」

こんなものに頼る必要はなかったのだと気が付いたモモコは、再び俺の頬に手を伸ばしてきた。

俺はその手を優しく掴んで、『何で？』と首を傾げる。

「世界一可愛いモモコに折角貰ったキスマークを消すなんて、言語道断《ごんごどうだん》だぞ。これが有ってもなくても、俺の気持ちは変わらないんだから、わざわざ消す必要なんてないだろ？」

このキスマークは必ず守る。何者にも消させはしない。

――真実の愛に目覚めた俺は、この愛を脅かす反抗勢力が牧場内に現れたことを本能的に感知した。

馬鹿め。愛のために戦うと決意した俺に、勝てると思っているのか？

――モモコとの間に生まれた真実の愛が、俺を覚醒させる。

第九、第十、第十一の牧場魔法。同時にそれら三つの使い方が、天啓《てんけい》の如く頭の中に降ってきた。

俺は倉庫に置いてあった王冠を被って、何故か頬を引き攣《つ》らせている世界一可愛いモモコをその場に残し、自分の唇に薄く口紅を塗りながら外へ出た。

これから起こる事態を暗示してか、空には分厚い暗雲が垂れ込めており、今にも天候が崩れそうになっている。

「そうか……。お前たちは、愛の破壊者になる道を選んだのか……」

第九の牧場魔法は、家畜の位置情報、健康状態、心の内など、様々な情報を把握出来るというもの。俺はこれを使って、ルゥたちの企《たくら》みの全容を知った。

あいつらは俺の頬に付いているモモコのキスマークを消すべく、愚かにも行動を起こしている。

これは明確な反逆行為だ。モモコの俺への愛の証を消すなんて、有り得ない。あってはならない。

俺は反逆者たちを迎え撃つべく、広々としたコカトリスの飼育区画まで移動して、静かにその時を待つ。

「――アルス、見つけた。覚悟する」

「主様っ、ほんの少しほっぺをゴシゴシするだけなのだ！　許してたも‼」

程なくして、ルゥとアルティが俺のもとへやってきた。英雄とドラゴンが肩を並べているというのは、万人が畏怖《いふ》せざるを得ない状況だろう。

しかし、愛の伝道師《でんどうし》となった俺の心には、一欠片の恐怖もありはしない。

「ルゥ、アルティ、考え直せ。人様の愛の証を勝手に消そうなんて、とっても悪いことなんだ。今なら許してやるから、諦めて反省しろ」

「……嫌。アルス、変になった。……その印、消せば治る」

「はぁ……。言っても聞かないなら、お尻ぺんぺんの刑だからな」

俺は重たい溜息を吐いて、静かに頭を振り、仕方なくルゥたちを極刑に処すと決めた。

話し合いが決裂した瞬間、俺の身体からはピンク色のオーラが迸《ほとばし》り、それと同時にルゥが自らの影を置き去りにする勢いで、俺に肉迫する。

ルゥは俺の状態の変化を無視して、その手を俺の頬に伸ばすが――パシッ、と俺はルゥの手を軽く叩き落とした。

「――ッ⁉」

ルゥは驚愕して目を見開いたが、刹那《せつな》の間に気を取り直して、今度は両手で俺の頬にある愛の証を消そうとする。

秒にして三。その間にルゥが繰り出した手数は三十。俺はその悉《ことごと》くを片手で打ち払い、フンと小さく鼻を鳴らした。

……愛を知らない獣に、この俺が負けるはずがない。

「ば、馬鹿なっ⁉　有り得ないのだ‼　主様は別にっ、そこまで強くなかったはず‼」

「……っ、アルティ！　ちゃんと、手伝う！」

愕然としているアルティに、ルゥが珍しく声を荒らげて支援を求めた。

アルティはハッと我に返って、人型のまま背中からドラゴンの翼を生やす。そして、一度上空へ飛び上がり、勢いを付けながら凄まじい速度で降下してきた。

「主様っ、怪我をさせたらごめんなのだーーーっ!!」

俺とルゥの攻防を見て、最早手加減している余裕はないと察したのか、アルティは謝罪しながらも音速の壁をぶち破った。

「心配するな。その程度なら、俺の愛には掠り傷一つ付かない」

アルティの頭突きによる衝撃波で、牧草と地面が捲《めく》れ上がったが、俺は片手一つでその頭突きを受け止めていた。

この間にも、ルゥが絶え間なく攻撃を仕掛けてくるが、そちらの対処も片手一つで十分だ。

――これこそ、第十の牧場魔法による力。

これは一日につき十分間、それも牧場内でしか使えないという厳しい制限のある魔法だが、その効果は『俺が所有する全ての家畜の能力値を俺自身に加算する』という、極めて強力なもの。

今、俺の身体から迸っているピンク色のオーラは、この魔法を発動している証だった。

俺が所有している家畜には、ルゥとアルティも含まれているため、今の俺は英雄とドラゴンよりも間違いなく強い。

†

「……アルス、強い。……でも、ルゥ、負けないっ」

ルゥは生まれて初めて、手も足も出ないという経験を味わっている。

しかし、ルゥの瞳から闘志が消えることはない。

寧ろ、初めての逆境に直面して、その心は激しく燃え盛っていた。

——『覚醒』とは、牧場主だけの特権ではない。

どんな天職にでも、その瞬間が訪れる可能性はある。そしてそれは、英雄であっても、例外ではなかった。

狼獣人としての忠誠心。狩猟《しゅりょう》民族としての闘争本能。女の子としての恋心。ルゥが抱えるそれら全てが、アルスという一人の存在に向けられて、化学反応が起こったかのように爆発する。

その瞬間、ルゥの身体から金色のオーラが迸り、膨れ上がった存在感に呼応するように、空を覆う暗雲の隙間から雷鳴が轟き始めた。

11話　英雄VS牧場主

——金色のオーラを纏うルゥの姿。それは美しく、力強く、神秘的だった。

俺が一瞬だけ見惚れてしまった隙に、アルティが俺から距離を取って体勢を立て直す。

ルゥとアルティは、『これで形勢逆転だ！』と言わんばかりの表情をしているが……俺は思わず失笑した。

「無駄な足掻《あが》きだ。どれだけルゥが自分の能力を底上げしても、それに比例して俺の能力も上がるからな」

ルゥが俺の家畜という扱いである以上、この十分間はどうあっても俺より強くなることが出来ない。

「……ルゥ、難しいこと、分からない。でも、必ず、勝つ……！」

「ルゥに正面は任せたのだ！　我は上空からの援護に徹するぞ‼」

マジックアイテムの羽付き靴を履いているルゥは、俺を翻弄するべく宙を蹴って、三次元的な動きで迫ってくる。

その速度は先程の倍以上もあって、金色の軌跡を残して移動する様は、雷そのものに見えた。

だが、俺の目も、身体も、当然のようにルゥの動きに追い付いている。

刹那の交差で十の攻防を繰り広げ、ルゥは一撃離脱を徹底した。俺に捕まれば、筋力の差で逃げられなくなると、理解しているようだ。

この戦闘を常人が傍から見れば、四方八方から襲い掛かる雷を俺が棒立ちで弾いているように見えるだろう。

……俺はルゥの攻撃を完璧な形で防ぎ、時には受け流しているが、実はそれほど楽勝という訳でもない。

俺の家畜の中でルゥの能力値だけが突出したので、俺に加算されているルゥ以外の家畜の能力値が、殆ど誤差《ごさ》のような扱いになってしまった。

アルティが省エネモードから本気モードになってくれれば、彼女が強くなった分だけ俺も強くなれるので、大いに助かるのだが……あいつは未だに、人型のままだ。

「――能力での優劣は殆どなくなった。そこに羽付き靴が加わると、かなり厄介だな」

現在の俺の身体能力を以てしても、宙を足場にして移動出来るルゥは捕まえられない。このままだと、拮抗が続いて十分間が経過するだろう。

さて、この状況を打開するためには、一体どうすれば良いのか？

その答えは至極簡単だ。ルゥと同じく、俺も身体能力以外のものに頼れば良い。

「むっ!? ルゥ！　何かまずいっ、下がるのだ!!」

上空にいるアルティが逸早く危険を察知して、ルゥを援護するべく口から盛大に炎を吹いた。

省エネモードのアルティが吹く炎では、今の俺がダメージを負うことはないが、視界を妨げる効果はある。

「悪いな。視界で優位を築きたいのは、俺も同じなんだ」

炎に紛れてルゥが飛び退いた直後、俺の新技がルゥとアルティを襲った。

『第一の牧場魔法＋緑の手』――牧草を生やす魔法が、生殖と豊穣の女神から貰った加護によって強化され、更に膨大な魔力を注ぎ込むことで、常軌を逸した成長を見せる。

辺り一帯の大地から押し寄せる牧草は、まるで緑の津波《つなみ》のようだった。

まずは地上にいたルゥが、一瞬で牧草に呑み込まれる。英雄に遠距離攻撃は当たらないが、膨大な量の牧草にルゥの視界は遮られた。

アルティの方は慌てて炎を吹き、自分に迫る牧草を焼いていく。……しかし、牧草の速過ぎる成長速度の前では、焼け石に水だ。

ルゥの援護を諦めて上に逃げようとしたアルティだが、それを許すほど俺は甘くない。

「ドラゴンは爬虫類《はちゅうるい》だよな？　それなら、寒さに弱いだろ」

牧場の上空も立派な牧場の一部という扱いになっている。だから、俺は第六の牧場魔法によって、アルティの周囲の気温を急激に低下させた。

これはアルティが気付かせてくれた使い方だが、それが当人に牙を剥くなんて皮肉な話だ。

「さっ、寒いのだ!?　あ――」

動きが鈍ったアルティは、一瞬で牧草に呑み込まれた。

まあ、この程度でダメージを与えられるとは思っていない。あくまでも、俺の目的はルゥとアルティを分断することにある。

「牧場内にいる全ての軍鶏に命じる。死力を尽くしてルゥの足止めをしろ」

俺は第七の牧場魔法によって手元に出したマイクを使い、全ての軍鶏に命令を下した。

軍鶏には王冠による強化も掛けておくが、今のルゥが相手だと、コカトリスでも鎧袖一触《がいしゅういっしょく》なのは間違いない。牧草と軍鶏。この二つで稼げる時間がどの程度のものか分からないが、その間に俺はアルティを狙う。

――ここで使うのは、第十一の牧場魔法。

これもまた、牧場内でしか使えない魔法だが、その効果は『俺自身を含めた任意の対象を牧場内の好きな場所に転移させる』というもの。

転移対象には俺が触れている必要があって、連続使用こそ出来ないものの、十秒ほど間を置けば再使用が可能。これは気軽に使える便利な魔法だ。

アルティが牧草の中に埋もれている状態でも、俺には第九の牧場魔法があるので、正確な居場所が手に取るように分かる。

こうして、俺はアルティの真後ろに転移すると、その身体を羽交《はが》い締《じ》めにした。

「ぬああああああああっ!?　主様っ!?　ど、どうやって我の背後に!?」

「捕まえたぞ、愛を知らない悲しき獣――アルティ‼　この俺がっ、お前に真実の愛を教えてやるッ‼」

「愛を知らない悲しき獣ぉ⁉　な、なんか……っ、響きがカッコイイのだ‼」

馬鹿が、こんな時まで呑気な奴め……。そう心の中で悪態を吐きながら、俺はアルティの頬に口付けを落とした。

事前に塗ってあった口紅がその頬に付着して、アルティの瞳にハートマークが浮かぶ。

「……アルティ。お前も愛に目覚めたか？」

「主様っ、だいしゅき‼　世界一カッコイイっ‼　我っ、何でも言うこと聞くのだ‼」

「よし、それなら省エネモードは終わりだ。今出来る最大限の力を絞り出せ」

「うむっ！　任せてたも‼　主様のために……我っ、変身――ッ‼」

アルティの身体がピカッと光り輝き、次の瞬間には人型からドラゴンの姿に変身していた。

その身体は凡そ四十メートルもの巨躯《きょく》を誇り、まるで煌めく星々を内包しているような、宇宙空間を思わせる黒い鱗に覆われている。

背中からは大きな翼が生えており、口の中には鋸《のこぎり》のように牙がずらりと並び、強靭な四肢の先からは鋭利な爪が伸びている。

縦に長い瞳孔は金色で、世紀末を生きているかのように身体のあちこちから刺《とげ》を生やしており、額から鼻先に掛けては巨大な魔剣にも見える角《つの》が伸びている。

アルティが十全に力を発揮すると、この倍は身体が大きくなるのだが、今の食い溜めしたエネルギーではこの状態が限界だった。

それでも、体長四十メートルという巨躯は、一目見ただけで『強い』と理解させられる。こんな巨大生物が、弱い訳がない。

これで、俺の能力値は更に上がった。この段階でアルティの役目は終わりでもいいのだが、俺には家畜ヒールがあるので、それなりに酷使しても大丈夫だろう。

「――ルゥも丁度、軍鶏を蹴散らしたみたいだし、第二ラウンドの始まりだな」

俺の眼下では、ルゥが独楽《こま》のように回転して、群がってきた軍鶏を牧草諸共《もろとも》薙ぎ払っていた。

緑の海と言っても過言ではない状態になっている牧草地。その一部にぽっかりと楕円形の空間が生まれて、ルゥはその中心から上空を見上げ、揺るぎない闘志を宿した瞳で俺を見据えている。

俺はアルティの背中の上で仁王立ちしながら、そんなルゥを挑発するように、不敵な笑みを浮かべて見せた。


――天候が崩れ、土砂降りの雨が降り始める。

雷鳴は暗雲の中で轟いており、上空にいる俺とアルティにいつ雷が落ちてきても不思議ではない。

だが、俺は第十の牧場魔法を使って自分を強化しているし、アルティはドラゴンの姿になっているので、落雷なんて大した脅威だとは思えなかった。

それよりも、現在進行形で俺の脅威となっているのは、地上から途轍もない勢いで迫ってくる英雄だ。

ルゥは雷のような軌道を描いてアルティの巨躯を迂回すると、瞬く間に俺を射程に捉えた。そして、金色のオーラを纏った拳を突き出してくる。

格下を相手にするときの雑なパンチとは違う、全身の運動エネルギーを余すことなく込めた一撃だ。

先程まで手数を重視していたルゥが、今になって全身全霊を込めた一撃を放つのは、ドラゴン形態になったアルティの能力値が俺に加算されたことを察したからだろう。

今の俺なら、ルゥが先程まで放っていた中途半端な攻撃を全て受け止め、そのまま拘束することすら容易い。

しかし、全身全霊を込めた一撃となると、足場が不安定なアルティの背中の上で受け止めるのは困難だ。

……まあ、その一撃は大振りなので、回避さえしてしまえば隙を突ける。

俺はルゥの背後に転移して、回避と同時に反撃することを選び――

「うおっ⁉　何だその動き……っ⁉」

ルゥは自らが放ったパンチの衝撃波を推進力に変えて、自分の身体を後方に飛ばし、振り返ることなく俺に後ろ蹴りを当ててきた。

完全に不意を突かれ、俺はその一撃を胴体に受けて吹き飛ばされる。

ダメージはそれほど大きくないが、懐に仕舞っていた口紅が砕けてしまった。アルティの頬に口付けをしたとき、最初から唇に塗っていた分は落ちたので、これではルゥに真実の愛を叩き込むことが出来ない。

それを残念に思う間もなく、ルゥが追撃を仕掛けてきた。やはり空中戦は、あちらに分がある。だからと言って、地上へ降りる訳にもいかない。強くなり過ぎた俺とルゥが地上で戦うと、牧場に被害が及び兼ねないのだ。

牧場には世界一可愛いモモコがいるので、絶対に巻き込む訳にはいかない。

「……アルス、上で戦う。下、危ない」

ルゥもそれを理解しているのか、俺が地上に落ちないよう配慮して、上へ上へと押し遣るように攻撃を加えてくる。

不意を突かれなければ防御は容易いが、それでも俺は宙を足場に出来ないので、衝撃によって立て続けに身体が吹き飛ばされ、遂には雷雲の中に入ることになった。

「おいおいっ、ルゥ‼　お前まだ強くなるのかよ⁉　英雄ってのは本当に反則じみてるな‼」

俺の能力値は留まることなく、加速度的に加算されていく。

それと並行して、ルゥの身体から迸る金色のオーラも輝きを増し、その動きは更に速く、その一撃は更に重く、その存在感は更に大きくなっていった。

秒刻みで変化する身体能力に、俺の感覚が中々追い付かない。

転移で逃れるのは簡単だが、逃げて損をするのは俺の方だ。この勝負、本来ならルゥが十分間逃げた後に反撃してきたら、俺は呆気なく負ける。

だからこそ、挑発するような笑みを浮かべて、ルゥから攻めさせるように誘導したのだが……

参った。ここから先の手が思い付かない。

転移によってルゥの背後を取ったとしても、先程のように野生の勘か何かで対応されてしまうだろう。

第十の牧場魔法が時間制限付きだと知られてはならないので、俺は努めて余裕がある表情を取り繕っているが、内心ではそれなりに焦っていた。

「ぬおおおおおおおおおおっ‼　主様をいじめてはっ、ならぬのだあああああああああっ‼」

雷雲の中でもルゥの猛攻は止まらず、俺が防戦一方になっていたところで、アルティがルゥに体当たりを仕掛けてくれた。

しかし、ルゥは空中で身を翻して紙一重でそれを躱《かわ》し、通り過ぎたアルティの尻尾を掴んで振り回し始める。

「……アルティ、邪魔。あっち行く」

「あああああああああああああああああっ!! やめてたもおおおおおおおおっ!!」

体長四十メートルのアルティが軽々と投げ飛ばされて、あっという間に見えなくなってしまった。

……まあ、役立たずとは言うまい。アルティが時間を稼いでくれたおかげで、俺も『自分が発生させた衝撃波で身体を移動させる』という、絶技のコツを掴むことが出来た。

ルゥの戦闘に関する才能は突出しているが、俺の才能だって捨てたものではない。

空中で静止することは出来ないが、これで常に動き続けることは出来る。

「行くぞ、ルゥ！ 今度は俺のターンだ!!」

俺は空中を跳ね回るように移動して、雷雲に紛れながらルゥに接近した。第九の牧場魔法によって、ルゥの位置を正確に把握することが出来ているので、視界不良は問題にならない。

ルゥの方は激しい雷鳴と雨音によって聴覚が使い物にならず、雨風のせいで嗅覚に頼って俺を捕捉することも出来ていない。

――それでも、ルゥは恐るべき直感によって、俺の奇襲に対応して見せた。

だが、流石にその対応は完璧なものではない。俺の攻撃を弾いたルゥだが、体勢は僅かに崩れて

いる。

俺の攻撃は一度に留まらず、先程までのルゥの猛攻を再現するように、雷の如き軌道を描いて幾度となく踊り掛かった。

この時点で、俺に加算されたドラゴン形態のアルティの能力値すら、大きな差になっていないほど、ルゥの身体能力は高まっている。

しかし、小さな差の分だけ、俺は着実に優位になっていった。

彼我《ひが》の攻防が激しくぶつかり合い、その度に世界そのものが軋んでいるのではないかと錯覚するほどの、空間を揺さぶる耳障りな音が鳴り響く。

俺とルゥの集中力は極限に達して、時間の流れが酷く緩やかに感じられた。

永遠とも思える攻防を繰り返した俺たちは、遂に雷雲を突き抜けて、青空と太陽が拝める高度にまで到達する。

そして——

勝利の女神は、俺に微笑んだ。

雷雲を突き抜けた直後、太陽は俺の背後に位置しており、その光をルゥだけが直視してしまったのだ。

一瞬の、けれど今の俺たちにとっては、余りにも長過ぎる隙が生まれた。……終幕だ。

12話　決着

――俺は上空で捕まえたルゥを小脇に抱えて、軽やかに地上へと下り立った。

地上は牧草を生やし過ぎて、とんでもないことになっているが……まあ、牧場内に限って言えば、コカトリスの飼育区画以外は全て無事だ。

とりあえず、ルゥに吹き飛ばされた軍鶏たちを家畜ヒールで回復させて、邪魔な牧草を取り除くよう命じておく。

俺に抱えられているルゥは、人生初の敗北に意気消沈《いきしょうちん》しており、覚醒状態も終わって萎れたアサガオのような表情をしていた。

「勝負は俺の勝ちだから、宣言通りにお仕置きするぞ。ルゥ、覚悟はいいな？」

「……ルゥ、負けた。……覚悟、出来てる」

ルゥはぺろんと自分の手で服を捲って、潔く自らのお尻を差し出してきた。

このタイミングで天候が回復し始めて、雲の隙間から差し込む光がルゥのお尻を照らし出す。

「ばっ、馬鹿お前っ！　こういうのは服の上からでいいんだよ！」

俺は慌ててルゥの服を元に戻し、小ぶりなお尻をお天道様から隠した。

お尻ぺんぺんの刑だとは言ったが、何も生尻を叩こうとは思っていない。そんなの、どう考えても鬼畜《きちく》で破廉恥だ。

こうして、ちょっとしたハプニングはあったものの、俺はルゥのお尻をぺちん、ぺちんと二回だけ叩いて、お仕置きを終わらせた。

すると、ルゥはごろんと仰向けに寝転んで、降参のポーズを取る。瞳を潤ませて尻尾を丸めているので、ルゥとの勝負は俺の完全勝利ということでいいだろう。

丁度一安心したところで、戦闘開始から十分が経過して、第十の牧場魔法による強化状態が解除された。

俺は思わず身構えたが、ルゥは降参のポーズを取ったままだ。もう金色のオーラも纏っていないし、この様子を見る限り、今から反撃されるという心配はないだろう。

「ふぅ……。これで一件落着か……。途轍もなく疲れたから、世界一可愛いモモコの顔を見て癒されたいな……」

疲労困憊《こんぱい》で地面に座り込んだ俺が、そう呟きながらルゥのお腹を撫でていると、程々に遠くの空からピーナが飛んできた。

「ピッ!?　アルスっ、見つけたッピ!!　こっちだッピよーーー!!」

ピーナは俺を指差しながら、自分の後方に向かって翼を振り、誰かを呼んでいる。

そして、少しの間を置いてから現れたのは、金髪縦ロールというお嬢様然とした髪型と、深紅《しんく》の宝石のような瞳を持つ気の強そうな少女、ルビー・ノースだった。

彼女は北部辺境伯家の令嬢で、【戦乙女《いくさおとめ》】という準伝説級の天職を授かっており、今日も黄金の鎧と深紅のドレスを足して二で割ったような、派手過ぎるアーマードレスを着用している。

牧草の海を抜けてきたからか、ドレスが汚れて身体中に牧草がくっ付いている状態だが、当人は至って元気そうだ。

「アルス様っ、ご機嫌ようですわ！　わたくし、アルス様の忠実なる僕《しもべ》こと、ルビー・ノースが参りましたの！」

「ああ、よく来たな。今日は何の用事があるんだ？」

ルビーはこの牧場の一員ではないが、何かと世話になっている俺の友人だ。牧場の外にある数少ない有力な伝手《つて》なので、良好な関係を保てるように笑顔を向けておく。

「実はゼニスから、アルス様が海へバカンスに行くというお話を聞きましたの……!!　それで、厚かましくもわたくし、ご一緒させて貰えないかと思いまして……」

「何だ、そんなことか。もちろん構わないぞ。歓迎しよう」

俺が王城で暮らしていた頃から、ルビーは俺の熱心なファンだったので、俺と一緒に海へ行ける機会を逃したくなかったのだろう。

俺が０円《ゼロ》スマイルを浮かべながら快く許可すると、ルビーは感極まった様子で俺の手を握り締めてきた。

「流石はアルス様っ、懐が深いですわ！　感謝致しますの!!　……あ、ちょっと失礼致しますわね。アルス様の美しいご尊顔《そんがん》に、汗が……」

何気ない動作でルビーは懐からハンカチを取り出して、俺の頬を素早くゴシゴシと拭った。

その瞬間――まるで、頭の中に立ち込めていた濃霧が晴れたかのように、俺の思考が鮮明になる。

モモコのキスマークが消えたことで、魅了状態が解かれたのだ。

しかし、魅了されていた間のことは、一から十までバッチリと覚えている。羞恥心《しゅうちしん》に苛《さいな》まれた俺は、思わず頭を抱えて地面を転げ回った。

「ああああああああああっ!!　なにが真実の愛だよ!?　なにが愛の伝道師だよ!?　俺は馬鹿なのかッ!?」

「ルビー！　ありがとうッピ!!　これでもう、アルスは大丈夫だと思うッピよ！」

ピーナはルビーの豊満な胸に飛び込んで、満面の笑みで感謝を伝えた。

ルビーはそんなピーナの頭を撫でながら、くすりと優しく微笑む。

「あら、こちらこそ、ピーナちゃんには感謝していますわ。ピーナちゃんが事情を説明してくれたおかげで、アルス様のピンチをお救いすることが出来ましたもの」

どうやらピーナがルビーに事情を説明して、助けを求めたらしい。本当によくやってくれた。正真正銘の大金星だ。

タイミング的に、ルビーが牧場を訪れた理由は嘘偽りなく、『一緒にバカンスへ行きたい』とお願いするためだろう。だが、ピーナの日頃の行いが良かったからこそ、ルビーという幸運を招き寄せられたのだと、そう思わずにはいられない。

俺が身悶《みもだ》えしながらも、心の中でピーナを称賛していると、ルゥがおずおずと俺の服の裾を引っ張った。

「……アルス、いつも通り？　もう、変じゃない？」

「あ、ああ、いつも通りだ。もう変じゃない。勝手にマジックアイテムを持ち出して、俺に魅了を掛けやがったモモコよりも、俺を助けようと頑張ってくれたルゥの方が、何百倍も可愛く見えているぞ」

俺は素直な気持ちを吐露して、ルゥの頭を撫でながらご機嫌を取る。

しばらくそうしていると、ルゥの丸まった尻尾が元に戻り、パタパタと上機嫌に揺れ始めた。

「これで一件落着ッピね！　めでたしめでたしだッピ！」

ピーナがオチを付けようとしたが、俺たちの戦いはまだ終わっていない。

「ルゥ。疲れているだろうけど、もう一仕事頼む。……モモコを捕まえてきてくれ」

「……ん、任せて。すぐ捕まえる」

すくっと立ち上がったルゥは、懐から投げ縄を取り出して、それをカウボーイのように振り回しながら走り出した。

——しばらくして、遠くからモモコの悲鳴が聞こえてくる。

「る、ルゥ!? ちょっと待って! あたしも悪いと思ってるの!! だから投げ縄はやめて!? あぁぁあぁぁあぁぁっ!! ドナドナは嫌ぁ!!」

「……モモコ。観念する」

こうして、お縄に掛かったモモコが俺のもとまで引き摺られてきた。

今回のモモコの罪は余りにも大きいので、お尻ぺんぺんの刑プラス一か月おやつ抜きだ。

一応、こんな大事になる前に、モモコは俺の頬につけたキスマークを自分から消そうとしていたので、反省次第では減刑の余地もあるが……。

何にしても、モモコへの処罰を終えたら、それで本当に一件落着だ。

………あれ？　誰か、忘れている気がするな。

——モモコの一時の気の迷いが引き起こした魅了事件から、早いもので三日が経過した。

俺の黒歴史、『愛の伝道師アルス』がみんなの記憶に刻まれたのは痛恨の極みだ。けど、牧場主としてのステージが二段飛ばしくらいで上がったので、魅了事件は結果的に見れば、そう悪くなかったと言えなくもない。

無論、二度と起きて欲しくはない事件だが……。

この日の朝。気持ち良く目を覚ました俺がゲルの中を見回すと、俺の両隣ではルゥとアルティが穏やかな表情で眠っていた。

魅了事件の前までは、アルティではなくモモコが俺の隣に陣取っていたのだが、モモコはすっかりアルティに負い目が出来てしまったので、仕方なく就寝時の場所を譲ったのだ。

俺が立ち上がろうとすると、目を覚ましたアルティが俺にしがみ付いてくる。

「主様……。我を置いていくの……？　うぅっ……我なんて……我なんてどうせ……」

牧場内で唯一、アルティだけは未だに魅了事件を引き摺っていた。

あの日から毎日、こいつは俺にしくしくと泣き付いてくる。

「もう三日も経ったんだから、そろそろ機嫌を直してくれよ……。あれは悪かったって、ちゃんと反省しているから……」

あの日、魅了事件の後。全てが終わってみんなで食事をとっていたときに、人型のアルティが泥だらけでフラフラしながら、牧場に帰ってきた。

——そこで、俺はアルティがルゥに投げ飛ばされて、何処かへ消えていたことを思い出したのだ。

アルティは自分が忘れられていたことにショックを受けて、三日が経過した今でも心の傷が癒えていないらしい。

元凶はモモコだが、俺としても悪いなと思っているので、あれから贖罪《しょくざい》のために随分と甘やかしている。……が、そろそろ鬱陶《うっとう》しくなってきた。

この三日間、朝昼晩とアルティの食事は俺が親鳥のように食べさせてやり、眠るときは寝付くまで頭を撫でて、俺の分のおやつは全てアルティに差し出し、更にはハッチーの飼育区画の見回りまで俺が代わりに行っている。

もうこれ以上ないほど甘やかしているので、いい加減に機嫌を直してくれてもいいと思う。

そんな気持ちを抱きながら、俺がうんざりした表情でアルティの頭を御座《おざ》なりに撫でていると、アルティはちらりと俺の顔を見遣り、それからわんわん泣き始めた。

「うわあああああああああん!! 主様が冷たい顔してるのだ!! 悪いのは主様なのにっ! 我のことなんて本当はどうでも良いと思っているのであろう!? 酷い酷いっ! 主様は酷いのだっ!!」

「い、いやっ、そんなことないって……! 悪かったって! ほら、今日も俺のおやつを上げるから、泣きやんでくれよ……」

「……おやつだけ？　お肉、主様に食べさせて貰いたいのだ。それと頭もいっぱい撫でて、お仕事も代わりにやって貰いたいのだぞ。あっ、それとそれと、今日は我っ、唐揚げ食べたいかも……!!」

アルティの図々しい要求を聞いて、俺は思わず真顔になる。

「……お前、甘やかされることに味を占めただろ」

「…………。うわあああああああああああああん!!　酷い酷いっ！　主様は酷いのだっ!!」

流石にこうもアルティが喧《やかま》しいと、眠っていた全員が起床してしまう。

もう事件から三日が経過しているので、モモコは罪悪感よりも呆れが勝っており、アルティに苦言を呈した。

「ちょっとアルティ、もうアルスを解放してあげなさいよ。それからアルスの隣、そろそろ返しなさいよね」

「モモコも酷いのだ!!　一番悪いのはモモコなのにっ、何だか我が悪者みたいな言い方してる!!　それと主様の隣は、もう我の縄張りなのだ！　絶対に返さないのだぞっ!!」

アルティの魅了状態はとっくに解除してあるのだが、以前にも増して俺にべったりとくっ付いてくる。これはもしかしたら、俺がルゥに勝るほどの強さを示したことが原因かもしれない。

人型のアルティは中々に見目麗《みめうるわ》しいので、別に嫌ではないのだが、こう……女性らしいものが色々と当たるから、困る。

「……アルス、困ってる。……アルティ、いい加減にする」

ここで、のそのそと起き上がったルゥが、アルティを俺から引っぺがしてくれた。

「ピー……。みんな朝から、元気いっぱいだッピねぇ……。あっ、そうだ！　ボク、朝食の前にルビーを起こしてくるッピ！」

最後に起きたピーナは、起床して早々に来客用のゲルへと飛んでいった。

実はルビーが三日前から牧場に滞在しており、俺たちと生活を共にしている。なんでも休暇中らしく、この機会に俺たちとの交流を深めたいそうだ。

ピーナはすっかりとルビーに懐いており、ルビーも面倒見が良くて子供好きなのか、随分とピーナを可愛がっている。

俺、モモコ、ルゥ、ピーナの四人は、ルビーと一緒に鍛錬や練習試合を行ったりして、のんびりとした牧場生活の中では珍しく、精力的な三日間を過ごしていた。

何食わぬ顔で軍鶏たちも鍛錬に交ざっているので、傍から見れば割と異様な光景になっているが、この牧場では今更誰も気にしない。

軍鶏たちは魅了事件でルゥにあっさりと負けたのが悔しいのか、鍛錬にかなり熱が入っている。

これは間違いなく、良い傾向だ。

ちなみに、アルティは完全に甘えん坊のぐーたら状態なので、俺たちに交ざったりはしていない。

13話　歴史とビーチボール

――朝食をとり終えた俺たちは、各々が日課となっている牧場の仕事に向かった。

ルビーは牧場体験を満喫しており、俺と共にソルとルナの餌やりを行って、上機嫌に頬を緩ませている。

ソルとルナが俺以外の手から餌を食べるのは珍しいことだ。ルビーはピーナにも懐かれているし、もしかしたら子供に好かれる才能があるのかもしれない。

「わたくし、ワイバーンの子供なんて初めて見ましたわ！　ワイバーンと言えば恐ろしい魔物という認識でしたが、この子たちはとっても可愛いですのね」

「ワイバーンに限らず、普通魔物は子供を産まないから、ソルとルナみたいなケースは稀だろうな」

魔物の卵を入手する方法は限られている。少なくとも俺は、牧場魔法による解体以外で入手する方法を知らない。

「この子たちが大きくなったら、とっても煌びやかな防具をプレゼント致しますわね！　楽しみにしていてくださいまし！」

「えぇぇ……。ま、まあ、程々にな……？　何事も程々でいいから……」

俺は将来的に、ソルとルナの背中に乗って空を飛ぼうと考えているので、こいつらに派手な防具を装備させるのは恥ずかしい。

ルビーが普段から乗っている白馬なんて、装飾過多でげんなりしているように見えるし、誰も彼もが派手好きな訳ではないのだ。

この後、ソルとルナを散歩がてら連れ出して、俺たちはハッチーの飼育区画の見回りに向かった。

「そういえば、わたくし、アルス様の牧場で作られた蜜蝋《みつろう》をゼニスから譲って貰いましたの！　あれは宝石と遜色《そんしょく》ない美しさだったので、諸侯へ送る手紙に使っていたら、あっという間に社交界で話題になりましたわ！」

ルビーは社交界に出ると、辺境の田舎者だと陰口を叩かれることもあったそうだが、ジュエルハッチーの蜜蝋のおかげで一目置かれるようになったらしい。

「消費者が喜んでくれて俺も嬉しいよ。ただ、評判が上々でも、本格的な生産はまだまだ先なんだ」

「あら……それは残念ですわね……。あっ、それなら蜂の子の出荷も、まだ先になりそうですの？」

「ああ、そうだな。……あれ？　もしかしてルビーが食べたのか？　あの蜂の子」

俺は単純に昆虫食が苦手なのだが、そもそもこの世界の人間には昆虫食を忌避《きひ》する文化があった。

その理由は、大昔に人間と敵対していた魔族の主食が、昆虫だったことにある。

古い考え方ではあるが、王侯貴族は歴史や伝統を顧《かえり》みる生物なので、『虫は魔族が食べるもの』という固定観念に囚われているのだ。

人間以外の種族だと、然して気にせず虫を食べる人もいるので、虫を食べたからと言って魔族だと認定される訳ではないが、人間の貴族であるルビーが食べているのなら、中々に驚きだ。

「いえっ、わたくしは食べていませんわよ？　実は、ラーゼイン公爵家のご息女――小公女様が、あの蜂の子を大層お気に召されたようで、ゼニスにまた調達してくるよう言い含めたとか……」

「へぇ……。ラーゼイン公爵の娘ってことは、俺の従妹《いとこ》か……。大分前にパーティーで会ったことがあるけど……何故かあいつ、初対面で俺の顔を見て、滅茶苦茶ビビってたな……」

ラーゼイン公爵家は俺の母方の実家であり、現在のラーゼイン公爵は母の兄、つまり俺の伯父に当たる。

ちなみに、ラーゼイン公爵はイデア王国の貴族ではなく、ラーゼイン公国という独立した国家の君主だ。

――ここで少しだけ、歴史の話をする。

大昔にあった人間と魔族の大きな戦争、『人魔大戦《じんまたいせん》』。その際に魔王を討ち取ったのが勇者イデアで、勇者パーティーのメンバーには彼女の弟である賢者ラーゼインも加わっていた。

当時存在していた人間の国家は軒並《のきな》み、魔族と魔物によって荒らしに荒らされて、大半の国には統治者がいない状態が続いた。

そして、人間側の勝利で終わった大戦後に、新たな統治者として白羽の矢が立ったのは、その時点で人々から絶大な信頼を勝ち取っていた勇者パーティーの面々である。

彼らは全員が全員、統治者になることを承諾した訳ではないが、勇者イデア、賢者ラーゼイン、聖女キリタンの三人は、人々のために自分の名を冠した国家を樹立した。

それ以来、この三つの国は友好国として手を取り合い、この大陸の秩序と平和を守っている。

……つまり、ラーゼイン公国にもイデア王国と同じく、『虫は魔族が食べるもの』という考えが定着しているはずなのだが、よりにもよって小公女が昆虫食を嗜《たしな》んでいるとは思わなかった。

「なんでも、公爵様は昆虫食をお許しになられなかったそうですが、小公女様は盛大に我儘を言ったそうで……」

「そうか……。虫を食べるために、我儘か……。あんまりお近付きにはなりたくない奴だな」

小公女はまだ辛うじて、天職を授かる年齢ではないはずだが……性格に難があるとなると、授かった天職次第では呆気なく追放されてしまうだろう。

でもまあ、遠方のことなので、どう転んでも俺とは無関係だと思う。この話は忘れるとしよう。

こうして話している間に、ハッチーの飼育区画の見回りが終わったので、俺たちはソルとルナを帰らせてから、これからどうしようかと話し合った。

「あっ、わたくし、アルス様のお宝を見てみたいですわ！　色々なマジックアイテムを集めているって、ゼニスから聞きましたわよ？」

ルビーが声を弾ませながら、そんなことを言い出したので、俺は快諾して倉庫に案内した。

海水浴の前に水着をプレゼントする予定だったので、丁度いいタイミングだから選ばせよう。

……不定期強制脱衣の呪いが掛かっていない水着は、その大半が布面積の少ないものだが、ルビーのお気に召す水着はあるだろうか？

俺はお宝を保管してある倉庫用のゲルにルビーを案内して、忘れないうちに水着を選んで貰うことにした。

ルビーは海水浴どころか、川遊びすらしたことがないそうで、水着というものを一度も着たためしがない。そのせいで、下着と大差ないような余りにも際どい衣類を前に、愕然としながら慄いている。

「アルス様……っ、これっ、これって、ただの紐《ひも》ですわよね!?　布が付いていないのに、これも水着なんですの⁉」

「うーん……。まあ、そうだな……。俺もちょっと信じ難いけど、それも水着だ」

今現在、ルビーが手に持っているのは、V字の紐にしか見えない水着だった。こんなもの、ポロリの呪いが掛けられていなくても、歩くだけで普通に脱げてしまいそうだ。

一応、布面積が多いものは紺色のスクール水着と、腰の部分にパレオが付いたワンピースタイプの黄色い水着の二種類がある。

V字の紐水着を見なかったことにしたルビーは、比較的マシなその二つを手に取り、ちらりと俺を見遣った。

「あの……ピーナちゃんとルゥさんは、もうご自分の水着を選びましたの……？」

「いや、まだ選んでないな。あの二人は選り好みしなさそうだし、別に後回しでもいいんじゃないか？」

「だっ、駄目ですわよ！　子供にこそ、きちんとした服を着させてあげませんと！」

ルビーはそう主張して、スクール水着とワンピースタイプの水着を選り分け、ルゥとピーナの分として確保した。

それだともう、際どい水着しか残っていないのだが……大丈夫か？

俺が心配していると、ルビーは呪いが掛かっていない水着の中から、牛柄のような白黒模様のビキニを手に取り、黙ってそれも選り分けた。

きっと、モモコが欲しがると察したのだろう。……あいつ、頑《かたく》なに白黒模様の衣類しか着ないからな。

残りはV字の紐水着か、少しだけ布面積があるV字の水着の二種類。男物の水着なら他に何点かあるが、そちらは上半身を隠せないので、ルビーが着る訳にはいかない。

「ルビー、無理して俺たちに付き合って、海へ行く必要はないんだぞ……？　流石にその水着は、貴族令嬢が着るのに相応しくないだろ……」

「い、いえっ！　行きますわよ！　たとえこの身が恥辱《ちじょく》に塗《まみ》れようとも、アルス様との海水浴だけは行かねばなりませんの!!」

ルビーは謎の使命感に駆られて、最終的に少しだけ布面積があるV字の水着を選んだ。それはルビーの瞳やアーマードレスと同じ赤色だったので、煽情的《せんじょうてき》だが似合うと言えば似合うだろう。

残りの紐水着は自動的にアルティに割り当てられる訳だが……まあ、あいつは全裸に慣れているので問題ない。何せ俺たちと出会うまでは、ドラゴンの姿で常に全裸だったのだ。

どうせ男は俺一人だけだし、紳士《しんし》な俺はみんなに視線を向けないよう努力すると約束しよう。だから、みんなには安心して、海水浴を楽しんで貰いたい。

「その水着はマジックアイテムだから、サイズは自動的に調整されるけど、一応試着するか？　見られるのが嫌だったら、俺は外に出ておくけど」

「滅相も御座いません！　アルス様にならっ、生まれたままの姿を見られても問題ありませんわ!!　……で、ですが、実際に着るのは後日ということで……それまでに、心の準備をしておきますの……」

貴族令嬢の裸なんて見たら即婚姻は避けられないので、生まれたままの姿を見るのは大問題なのだが……とりあえず、俺は聞かなかったことにする。


こうして、水着選びを終えたところで、倉庫の隅に放置してあったビーチボールに、ルビーが何の気なしに目を向けた。

「アルス様、あんなところにボールがありますわよ？　……あっ、そうですわ！　今日はこれを使ってみんなで遊びましょう！　ボール投げは投石の練習や、それを回避するための練習にもなりますので、わたくしも小さい頃から嗜んでおりましたの！　自信あり、ですわ！」

「そのボールはマジックアイテムで、罰ゲーム付きだから危ないぞ。地面に落とすと、一番近くにいる奴の頭上から、金盥が落ちてくるんだ」

「えっ……罰ゲーム、ですの……？　何だかヘンテコなマジックアイテムですわね……」

一応、今までで一番豪華な金色の宝箱に入っていたお宝なのだが、どうにもガッカリ感が否《いな》めない代物だ。

ここで、ルビーは徐《おもむろ》に俺から距離を取り、興味本位で自分の足元にビーチボールを落とした。

すると、何処からともなく金盥が現れて、ルビーの頭上から落ちてくる。金盥の大きさは凡そ一メートルもあって、見るからに鉄製なので、かなりの重量感だ。

完全に人を殺しに掛かっている金盥だが、ルビーはこれを危なげなくキャッチして、重さや手触りなんかを確かめていく。それから、緊張した面持ちでビーチボールを拾い上げると、何故か再び自分の足元に落とした。

当然、また落ちてくる金盥。ルビーはこれも危なげなくキャッチして、自分の脇に置く。それから、またもやボールを拾い上げて、自分の足元に落とし、同じように頭上から落ちてくる金盥をキャッチ。

こんなことを黙々と繰り返して、ルビーは自分の横に金盥を積み重ねていった。……何とも異様な光景だ。

「る、ルビー？　一体何をしているんだ……？」

突然始まったルビーの奇行を前に、俺は頬を引き攣らせてしまう。

だが、ルビーはそんな俺を置き去りにして、合計二十個もの金盥を積み重ねた。

——そして、一言。

「これは、とんでもない代物ですわ……!!」

「いや、何でそうなるんだよ。怖いよお前」

俺は努めて冷静にルビーから距離を取ったが、ルビーは凄まじい勢いで俺に詰め寄ってきて、衝撃の事実を口にする。

「アルス様っ！　落ちてきた金盥は全て鉄製ですのよ!?　つまり、このボールは、何もないところから無限に鉄を生み出せるマジックアイテムですわッ!!」

「………マジかよ!?」

このとき、俺は初めて、罰ゲーム付きビーチボールの真価を知った。

これは確かに、金色の宝箱の中身に相応しいお宝だと、認めざるを得ない。

14話　金盥とプール開き

——罰ゲーム付きビーチボールの真価を知ってから、俺はルビーと一緒に幾つかの検証を行った。

そして現在、直径が五メートルほどもある巨大な金盥が、俺たちの目の前に落ちている。

金盥の横では、頭にたんこぶを作ったコカトリスが横たわっており、白目を剥いて気絶している。

こいつの名前はマック。この牧場で最初に魔物化したコケッコーであり、他のコカトリスたちよりも身体は一回り小さいが、最古参なので戦闘経験が豊富という歴戦の猛者《もさ》だ。

そんな猛者が、どうしてこんなに無様な姿を晒しているのか……。

まあ、その原因は言うまでもなく、俺の手元にあるビーチボールのせいだった。

このビーチボールを地面に落とした際、罰ゲームの対象になった者の身体が大きければ大きいほど、落ちてくる金盥も『罰』と呼ぶのに相応しい大きさになるのではないかと、俺とルビーは話し合って予想した。

そこで、検証のためにマックを呼んで協力して貰うことになったのだが、マックはルビーの助けを借りずに、自分の手で金盥を受け止めて見せると、身振り手振りで俺たちに訴え掛けてきた。

そうして、自信満々な様子で挑んだ結果が、この有様である。

「アルス様……。もしかして、マックさんは見栄っ張りなんですの？」

「ああ、見ての通りだ。一応こんなんでも、頼りになる時があるんだけどな」

ルビーは呆れた様子でマックを見遣り、俺は軽くフォローを入れながらマックに家畜ヒールを掛けてやった。

マックはコカトリスに進化したことで、ダンジョンの入り口に身体が入らなくなってしまったので、最近は活躍の機会がめっきりと減っている。

そんな中で、今回は久しぶりの登場だったのだが、これでは余りにも不憫《ふびん》だ。

回復してむくりと起き上がったマックが、瞳を潤ませながら俺たちを見つめてくる。

「マックさんが何を言いたいのか、ひしひしと伝わってきますわね……」

「ああ、もう一回チャンスが欲しいんだろうな……。でも、こんなに馬鹿でかい金盥、二個も必要ない。マック、お前の出番は終わりだ」

俺が手を振って追い払う仕草を見せると、マックは仰向けに寝転がってジタバタと駄々を捏ね始めた。

これを五メートルほどもある身体でやられると、鬱陶しくて仕方がない。

「アルス様、もう一回くらい宜しいのでは……？　もし金盥が必要ないようでしたら、わたくしが買い取らせていただきますわ」

ルビーは悪役令嬢然とした見た目をしている割に、博愛《はくあい》精神に溢れている気がする。

「金盥が欲しいなら、タダであげるけど……まあ、ルビーがそこまで言うなら、もう一回だけやらせてみるか」

こうして、マックの二度目のチャレンジが始まったが、俺はボールを投げた後の結果を見届けることなく、一個目の大きな金盥に意識を向けて、これを何に使おうか検討した。

まず最初に、牧場に住む全員分の食事を纏めて作るとき、鍋として使うことを思い付いたが……

何を作るにしても、金盥が大き過ぎて『掻き混ぜる』という動作が難しくなりそうだ。

次に思い付いたのは、これを浴槽《よくそう》にするという案。

身体の汚れは下級魔法で綺麗に消せるので、そのことに慣れ切って『風呂に入る』という考えを失念していたが、前世では湯船に浸かってリラックスすることもあったので、久しぶりに風呂を満喫したい。

後は……これよりも大きな金盥があったら、水を張ってプールにするのもいいだろう。

水中で泳いだことがない面々もいるので、海へ行く前にプールで慣れて貰うことは、重要かもしれない。

これよりも大きな金盥となると、誰の足元にビーチボールを落とせばいいのかという話になるが、俺には一人だけ心当たりがある。

「――アルス様っ！　またマックさんが失敗しましたわ！　ヒールしてあげてくださいまし！」

ルビーに呼ばれたので、俺がそちらへ目を向けると、マックはまたもや頭にたんこぶを作って気絶していた。

何の気なしに、第九の牧場魔法でマックの状態を確かめてみると、マックには肉体的なダメージがないまま、気絶だけしている状態だと判明する。

たんこぶがあるのに、ダメージはない。何とも不思議なことだが、どうやらビーチボールによる罰ゲームは、痛みを与えて気絶させるだけで、肉体的なダメージを与えるものではないらしい。

この分なら放置しても良さそうだが……一応、マックに再び家畜ヒールを掛けておく。ただし、三度目のチャンスを与えるつもりはない。今度こそ、マックの出番はここで終わりだ。

——俺とルビーがゲルに戻ると、ぐーたらしていたアルティが俺に抱き着いてきた。

「主様っ、おかえりなのだ！　我、そろそろ蜂蜜が食べたいのだぞ！　おやつの時間はまだであろうか⁉　あ、おやつのときは主様の膝の上に乗せてたも！　それで主様は、我に蜂蜜を食べさせながら頭をナデナデするのだぞ！　それからっ、我の耳元で『アルティは可愛いね、格好いいね、凄いね、最強だね。だからもう働かなくてもいいよ。アルティは生きているだけで、百点満点だよ』って、囁き続けて欲しいのだ！」

注文が多いし、厚かましいし、最後の台詞に至ってはふざけているとしか思えない。

そんなアルティに、俺は綺麗な０円《ゼロ》スマイルを向けながら、そっと外へ出るよう誘導した。

「おやつの前にさ、ちょっと表に出て、ドラゴンの姿になってくれよ。久しぶりに、可愛くて格好良くて偉くて凄くて最強な、アルティのドラゴン姿が見たいんだ」

「ひ、久しぶり……？　我、三日前にドラゴン形態になった気が……」

訝しげに首を捻るアルティだが、俺は笑顔と勢いに任せて、その背中を押していく。

「まあまあ、まあまあまあ、いいからいいから。俺は今、雄大なドラゴンの姿を無性に見たい気分なんだ。こんなときに俺が頼れるのは、アルティだけだからさ。本当に頼むよ」

「むむむ……。む、う、うむ……。まぁ、そこまで言うのであれば、我も変身するのは吝かではないのだ……。でも、今はエネルギー不足だから、二十メートルくらいにしかなれぬのだぞ？」

二十メートルもあれば十分だ。それだけ大きければ、みんなで伸び伸びと泳ぐことが出来る。

——牧場に新しく水泳区画を作り、そこに置いた直径二十メートルもある巨大な金盥をプールにするべく、俺は下級魔法でドバドバと水を注いでいく。

第十の牧場魔法によって、十分間だけ最強になった状態であれば、下級魔法による水の生成すらも、凄まじい勢いで行うことが出来た。

「主様……。我、今の不意打ちはズルいと思うのだ……」

ドラゴン形態から人型に変身したアルティが、ぷっくりと頬を膨らませて俺に不満をぶつけてきた。

つい今し方、ドラゴン形態になったアルティの足元にビーチボールを投げて、巨大な金盥を落としたので、それが原因である。

「不意打ちじゃないだろ。俺は『金盥が落ちてくるからキャッチしろよ』って、事前に言ったからな。それに、アルティなら簡単に受け止められるって、信じていたんだよ」

ボールを投げる前に是非を問うことはしなかったが、アルティなら大丈夫だという確信があった。

実際、アルティは呆気なく金盥を受け止めている。幾らエネルギー不足で全力が出せなくても、生態系の頂点に君臨《くんりん》している種族は伊達《だて》ではない。

俺が適当にアルティを宥めている間に、プールの水が早くも半分以上溜まった。そのタイミングで、俺たちと一緒にいるルビーが頬を赤く染めながら、おずおずと質問してくる。

「あ、あの……アルス様……？　その、プールなるものは、もしかして、もしかしなくても……水着を着用して入るものなんですの……？」

「そうだけど、別に無理して入らなくても――ああいや、出来れば泳ぐ練習はして貰いたいな」

「くっ、分かりましたわ……!!　アルス様がそこまで仰るのであれば！　わたくしも覚悟を決めて一肌脱ぎますのッ!!　少し待っていてくださいまし！　すぐに着替えて参ります!!」

瞳に揺るぎない闘志を宿したルビーは、拳を握り締めて肩で風を切りながら、サッと走り去っていった。

プールで遊ぶだけなのに大袈裟だとは思うが、あの水着を貴族令嬢が着用するというのは、それだけ精神的なハードルが高いことなのだろう。

「アルティ、みんなを呼んでルビーと一緒に着替えてきてくれ」

「ひ、人使いが荒いのだ……!!　我はまだ、三日前のこと、許してないのに……っ!!」

「このままズルズルと甘やかしていたら、お前は一生ぐーたらし続けるだろ……。大丈夫、お前はやれば出来る子だ。軽く働いてくれるだけで、百点満点だよ」

俺が有無を言わせない笑顔でアルティの背中を押すと、アルティは肩を落としながら、とぼとぼと歩いていった。

それから、俺が金盥に水を溜め終えて、しばらく経った頃——

モモコ、ルゥ、ピーナ、ルビーの四人が、水着姿で登場した。

モモコは牛柄白黒模様の中々に際どいビキニを着用しているが、そういえば最初に出会った頃も露出度の高い装いをしていたので、それほど新鮮味はない。

……まあ、ビキニだと歩く度に胸がゆっさゆっさと揺れているので、視線が吸い込まれないように意識するのは大変だ。

ルゥは紺色のスクール水着を着用しており、胸元に縫い付けられているゼッケンには『ルゥルゥ』という名前が書かれている。

見るからに油性ペンで書かれたような文字だが、油性ペンなんて俺たちは持っていないので、恐らくマジックアイテムの機能として、装備した者の名前が勝手に書き込まれるようになっているのだろう。これは様式美というやつだ。

ルゥルゥ

ピーナは腰の部分にパレオが付いた、ワンピースタイプの黄色い水着を着用している。

特筆すべき点はないが、シンプルに可愛らしい。それと、改めてピーナは幼児体型だと認識したが、実は十二歳になるまで残り二日となっている。この正確な日時は、第九の牧場魔法によって確かめることが出来た。

ルビーは予定通り、深紅のV字水着を着用しているが、モモコよりも露出が控え目なので、思ったほどのインパクトはなかった。

ルビーも豊満な胸をお持ちだが、これだってモモコには劣っている――と、相対的な評価によって、何だかルビーの魅力が陰っているように思えるが、モモコを視界から追い出してルビーだけを注視すれば、とても華やか且《か》つ情熱的な魅力に溢れていると理解出来た。

……ちなみに、アルティだけは若草色の民族衣装を着たままで、水着に着替えていない。

最近だと、アルティも服を着ることが当たり前になっていたので、紐水着は流石にまずいと思えるだけの羞恥心が芽生えたのかもしれない。

「それで、アルティは泳がないのか？　今日は泳ぐ練習をするつもりだから、もう泳げるアルティには必要ないけど」

「うーむ……。我、ドラゴンの姿ならスイスイ泳げるのだが、省エネモードで泳いだことはないのだ……。あの紐水着を着るか、何なら全裸でも良いから、普通に泳ぐ練習がしたいのだぞ」

どうやら、アルティに羞恥心が芽生えた訳ではないらしい。

では、一体どういうことなのかと言うと——

「だっ、駄目ですわよ!? あんなの破廉恥極まりませんのッ!! 何処もかしこも全く隠せていなかったのですからっ、あれでは歩く公然わいせつ罪ですわ!!」

アルティは一度、紐水着に着替えたそうだが、その姿は際どいを通り越して完全にアウトだったようで、ルビーが待ったを掛けたのだ。

この対応には、モモコがやれやれと頭を振って、何故かルビーに対して呆れた目を向ける。

「ルビーって大袈裟よね……。別に裸で泳いだって、誰に迷惑を掛ける訳でもないんだし、別にいいじゃない」

「お黙りなさいっ、この破廉恥牛獣人! 言っておきますけど、貴方の姿だって許容出来る範囲を超えていますわよッ!?」

「はぁ!? あたしのこの姿のっ、何処に文句があるって言うのよ!? 立派なおっぱいが強調される素晴らしい装いでしょ!?」

「お、お話になりませんわ……!! これだから牛獣人は……っ!」

モモコとルビーは胸と胸でお互いを押し退け合い、バチバチと火花を散らし始めた。

眼福と言えば眼福だが、まじまじと見つめるのも気まずいので、俺は全員に柔軟体操をしておくよう言い含めて、そそくさとその場から離れる。
とりあえず、俺も水着に着替えてこよう。

「――それじゃ、最初は水に顔をつける練習からだな。その次は水の上に浮かぶ練習で、最後が泳ぐ練習だ」

俺は丈が膝上くらいの男物の水着を着て、金盥プールの中に入り、モモコ、ルゥ、ルビーの三人に簡単な課題を出した。

金盥プールの水深は二メートルほどなので、俺たちの足は底に付いていない。そのため、水泳初心者の三人は金盥の縁に掴まりながら、緊張した面持ちで水面と睨み合っている。

ちなみに、俺は敢えて、このプール区画の気温を操作せずに、牧場の外と同じ状態にした。

これは持論だが、プールは猛暑の中で入るから気持ちいいのだ。

泳ぎ慣れているピーナとアルティは、少し離れたところで遊んでいるので、基本的には放置で構わない。

アルティは紐水着を着ることも全裸になることも許されなかったが、服を着たままプールに入ることなら、全員が（主にルビーが）納得した。

彼女は人型の省エネモードでも、水を吸った服の重さ程度を苦にするような身体能力ではない。

それに、不慣れだと言っていた人型での水泳だが、これも全く問題なかった。

そんな訳で、俺はモモコたち三人の練習に掛かり切りだ。

そして、この三人の中で真っ先に最初の課題と二つ目の課題をクリアしたのは、水泳において大きな武器を持つモモコだった。

「水の中で足が下に付かないって、かなり怖かったけど、もう慣れてきたわ！　身体も簡単に浮かぶし、これなら楽勝ねっ！」

「まあ、それはそうだろうな……。モモコの場合、寧ろ水の中に沈むことの方が難しいんじゃないのか？」

俺の視線の先では、誰よりも大きな胸がプカプカと浮かんでいる。

モモコは水泳初心者なのに、あっという間に縁から手を放して、水面から顔を出した姿勢を維持出来るようになった。

脂肪は水に浮かぶので、当然と言えば当然の結果かもしれない。

「わ、わたくしもそれくらい、楽勝ですわっ！　……それにしても、水中で呼吸が出来るというのは、何だか不思議な感じですわね」

ルビーは最初に少しだけ躊躇《ためら》っていたが、モモコが容易く課題をクリアした光景を見て、自分も負けじと課題に取り組んだ。

ルビーの胸も立派な浮き袋として機能しているので、覚悟さえ決めてしまえば、縁から手を離した状態で水に浮かぶのは、そう難しいことではない。

マジックアイテムである水着の効果によって、水中でもしっかりと呼吸が出来ることを確かめたので、その段階で怖さも完全に克服《こくふく》している。

「さて、残ったのはルゥだけだな。……どうした？　やらないのか？」

「…………」

ルゥが喋る前に間を入れるのはいつものことだが、今回はどれだけ待っても何も言い出さずに、沈黙したままだった。

ぼんやりと水面を見つめているので、何を考えているのか分からないが、心なしか耳が垂れている。

……まさか、水に顔をつけるのが怖いのか？

いやいやいや、そんな馬鹿な。ルゥは正真正銘の英雄で、ワイバーンにもドラゴンにも、覚醒状態の俺にだって果敢に立ち向かえる勇気を持っているのに、水に顔をつけるだけのことが怖いなんて、有り得ない話だろう。

もしかしたら、体調が悪いのかと思って、俺はルゥに家畜ヒールを掛けてみた。

……しかし、それでもルゥは、うんともすんとも言わない。

「ルゥ、どうしちゃったのよ？　こんなこと、やってみたら簡単なのに。ほらっ、あたしの真似をすればいいの！」

モモコがルゥの傍で、揺蕩《たゆた》うクラゲのように泳いで見せたが、ルゥはちらりとモモコの胸を一瞥して、フルフルと小さく首を横に振る。

簡単だから大丈夫だと言い募るモモコと、頑なに金盥の縁から手を離さないルゥ。これを見兼ねて、ルビーが二人の間に割って入った。こちらも既に、クラゲのような移動方法を体得している。

「モモコさん、そんなに急《せ》かしては駄目ですわよ。様も仰っていましたの。ルゥさん、わたくしたちは水の中でも呼吸が出来ますし、一先ず縁を掴んだまま、ほんの少しだけ顔を水につけてみましょう？」

「………ん、分かった。やってみる」

ルビーの慈愛《じあい》に満ちた微笑み。それに勇気付けられたのか、ルゥはようやく意を決して、水に顔をつけた。

そして——何故か、同時に金盥の縁から手を放し、ジタバタと藻掻《もが》きながらプールの底に沈んでいく。

「え……ええええっ!?　そ、そうはならないでしょ!?　ちょっとルゥっ、あんた真面目にやりなさいよ!!」

「ルゥさん⁉　どうして手を離してしまったんですのーーーっ⁉」

モモコとルビーは愕然として叫んだが、二人ともまだ水中に潜って泳ぐことは出来ないので、ルゥを助けには行けない。

水着のおかげで水中でも呼吸が出来るのだから、別に溺れる心配はない。

けど、仕方なく俺が助けに行こうとしたところで――突然、俺たちの間をバサッと何かの影が横切り、それなりの速度で水中に潜ってルゥを救出した。

「お、お前は……っ⁉　まさか、最初のシーコッコーか⁉」

ぐったりしているルゥを背中に乗せて浮上したのは、一羽のシーコッコーだった。

第九の牧場魔法を使ってみると、こいつは確かに、一番初めに生まれたシーコッコーだと分かる。

シーコッコーは最近、サブマリンコッコーの海底探索の成果を運搬する仕事を頑張っていたが、今日は暇だったようで、俺たちの様子を見に来たらしい。

以前と比べて、何処か精悍《せいかん》な顔付きになっているシーコッコーは、コケッと力強く鳴いて俺たちに敬礼した。

これにはモモコが、真面目くさった顔でビシッと答礼したので、俺とルビーも何となく後に続く。

「よくルゥを救ってくれたわね！　司令官として、貴方に敬意と感謝を表するわ！」

厳《おごそ》かな口調でそう言ったモモコが、スッと手を差し出すと、シーコッコーも手――もとい、翼を差し出して、一人と一羽は固い握手を行った。

この後、シーコッコーに助けられたルゥはこいつを甚《いた》く気に入って、勝手に『シーちゃん』と命名する。

――結局、この日の最後まで、ルゥは『水に顔をつけるとパニックを起こしてしまう』という弱点を克服出来なかったが、シーちゃんの背中に乗って水上を進むという新しい遊びに夢中になっていたので、水遊びに苦手意識を持つことはなかった。

閑話　全自動胡桃《くるみ》割り人形

――森人の里の中心には、枝葉に雲が掛かるほど巨大な『世界樹』と呼ばれる木が聳《そび》え立っている。

そんな世界樹の幹に寄り添う形で、森との調和を重んじているような意匠《いしょう》の宮殿が建てられており、その中にある大広間では今現在、『賢老会《けんろうかい》』と呼ばれる森人の里の最高意思決定機関に所属する面々が、円卓を囲んで座っていた。

賢老会に所属しているのは森人の七人の代表者であり、彼らは一様に厳かな表情で、とある人物がやってくるのを待っている。

それから、待って、待って、待ち続けて——焦《じ》れた一人の老人が、額に青筋を浮かべながら立ち上がった。

「遅いわッ!! ゼニスの奴は何をしとる!?」

「あの子は里に戻って早々、木材を大量に買い集めていましたね。それが終わったら来るはずです。慌てずに、のんびりと待ちましょう」

のほほんとした老婆が老人を諌《いさ》めたところで、大広間の扉を開け放って一人の女性が入ってきた。

「どもどもー、皆はん儲かってまっかー? お金大好きゼニスちゃんの、お出ましやでー」

件の女性、ゼニスは陽気に挨拶しながら、布を被せた荷車を押して、一同の前で立ち止まる。

この場に相応しくないゼニスの態度を目の当たりにして、賢老会最年長の老人、オールドが苦虫を噛み潰したような顔をした。

「くっ、相も変わらず俗《ぞく》な奴め……。こんな小娘に頼らねばならぬとは、忌々《いまいま》しい限りよ……!!」

「オールドのおっちゃん、そないにカリカリしとるとハゲが広がるで? 育毛ポーション、売ろか?」

「そんなものはいらん!! それよりも! さっさと例のものを見せんか馬鹿者ッ!!」

ゼニスはオールドに一喝《いっかつ》されても飄々《ひょうひょう》とした態度を崩さず、やれやれと頭を振って荷車の布を取り払う。

そうして衆目《しゅうもく》に晒されたのは、一体の非常に美しい人形だった。

その人形の体格は女性のもので、肌は陶器《とうき》そのものに思える無機質な白さを持ち、髪色は光沢を帯びた白銀色かつ、その毛先には青みがかっている部分と、赤みがかっている部分が交じっている。

編み込まれた後ろ髪は襟足《えりあし》で束ねられた状態で、薄く開かれた瞼《まぶた》から覗く瞳は、紫色の宝石のように見えた。

この人形は誰の趣味なのか分からないがメイド服を着せられており、最たる特徴として、背中から大きめのネジが飛び出している。

賢老会の誰もが食い入るように人形を見つめて、感嘆した誰かがぽつりと呟く。

「これが……世界樹の果実を割ってくれる人形か……」

森人たちは随分と前から、硬過ぎる世界樹の果実を割れなくなったという、途轍もなく大きな問題に直面していた。

この問題を打開するための道具として、イデア王国の宝物庫に眠っていた一つのマジックアイテムに、白羽の矢が立ったのだ。

それこそが、どんな胡桃でも割ってくれる自動人形、その名も『全自動胡桃割り人形のクルミさん』である。

世界樹の果実と胡桃を同一視して良いものなのか、その点は誰もが疑問に思っているが、世界樹の果実の見た目は巨大な胡桃そのものなので、森人たちは藁《わら》にも縋《すが》る思いでクルミさんに頼るしかない。

クルミさんは今まで、誰かに使われることもなく、王城の宝物庫の片隅に放置されていたが、それでも歴とした国宝の一つだった。そのため、大商人のゼニスを以てしても入手は困難を極めた。

しかし、ゼニスは賢老会に世界樹の果実を用意して貰って、それをアルスが持っていたワイバーンクイーンのティアラと交換し、今度はそのティアラを王家に献上することで、何とかクルミさんを褒美として下賜《かし》されるに至ったのだ。

「――して、ゼニスよ。これはどうやったら動くのだ？」

「背中のネジを巻けばええんやって。三回転半で、丸一日稼働するらしいで」

「ふむ……。では早速だが、ゼニス。やって見せよ」

偉そうな態度のオールドに命令されて、ゼニスはクルミさんのネジを巻いていく。

そして、きっちりと三回転半だけ巻き切ったところで、やや俯いていたクルミさんが顔を上げた。

「報告。『全自動胡桃割り人形のクルミさん』こと、当機体が起動しました。皆様、おはようございます。早速ですが、当機体のラジオ体操機能をオンに致しますか？」

クルミさんが無事に動き出したことで、賢老会の面々が『おおっ』とどよめく。

それから、ラジオ体操機能なるものが何なのか分からず、困惑した面持ちで首を傾げ始めた。

「ゼニスよ……。らじお体操機能とは何だ？　説明せよ」

「えぇぇ……。んなこと言われても、ウチも知らんて……。なあ、クルミはん。らじお体操機能って何なん？」

「回答。当機体には、『百聞《ひゃくぶん》は一見《いっけん》に如《し》かず』という諺《ことわざ》が登録されております。登録者である『宇宙開闢《かいびゃく》級の美少女・伝説の勇者イデアちゃん』曰く、『説明するのが面倒だから見て覚えろカス』とのことです。ラジオ体操機能をオンに致しますか？」

勇者イデア――突如として出てきた大物の名前に、突如として放たれた暴言。

これには偉大なる叡《えい》知《ち》を得た賢老会の面々ですら、まるで理解が追い付かない。

「ええっと……ま、まぁ、その、危険な機能ではないんやろ……？　そんなら、やって見せて貰った方が、ええかなぁ……？　とりあえず、オンで」

「了解。ラジオ体操機能をオンに致します」

そう宣言したクルミさんは、自分の口から『テーン、テーン、テテーン、テーン』と曲を流し始め、それに合わせてラジオ体操を行った。

何の感情も込められていないクルミさんの声。酷く淡々とした棒読みな曲調。森人たちからすれば、実に意味不明な踊り。

この場の誰もが、『我々は一体、何を見せられているんだ……？』と疑問に思っている表情を浮かべたが、理解の範疇《はんちゅう》を超える言動の連続に、彼らは誰一人として制止の声を掛けることが出来ない。

――こうして、ラジオ体操が滞りなく終わり、クルミさんは一礼して静止した。

「ええっと……その、お疲れさん……で、ええんか？」

ゼニスは頭の上に疑問符を浮かべながら、静止しているクルミさんに労《ねぎら》いの言葉を掛けた。

クルミさんは無感動でガラス玉のような瞳をゼニスに向けると、素気なく返事をする。

「報告。当機体は疲労を感じることがありませんので、ご心配なく」

「さ、さよか……。なあ、さっき勇者イデアの名前を出しとったけど、知り合いなん？」

何処までもマイペースな、あるいは機械的なクルミさんに気圧《けお》されながらも、ゼニスは先程から気になっていたことを尋ねた。

すると、これにもまた、クルミさんは素気なく答える。

「回答。勇者イデアは当機体を製作した人物なので、当たり前ですが知り合いです」

「え……えぇっ!? 製作ってそれっ、ほんまかいな……!? そないな代物、よくウチに下賜してくれたなぁ……。あ、もしかして、王族の人ら……勇者イデアが作ったもんだって、知らんかったんとちゃうの……？」

勇者イデアとはイデア王家の祖先であり、比類なき偉大な人物として歴史に名を残している。そんなご先祖様が作った人形だと、王族の者たちが知っていれば、何を差し出しても決して譲っては貰えなかっただろう。

「ふむ……。知的好奇心が刺激される話だな。勇者イデアに関する話は、誇張としか思えないほどの美談しか後世に残っていない。実際のところ、勇者イデアとはどんな人物だったのだ？」

衝撃の事実にゼニスが頬を引き攣らせている最中、老人の一人がクルミさんに質問を行った。

すると、クルミさんは酷く淡々とした口調で、一同をドン引きさせるような実話を語る。

「回答。勇者イデアは無銭飲食、家宅侵入、窃盗《せっとう》、敵前逃亡の常習犯であり、『人類のものは勇者のもの、勇者のものは勇者のもの』と言って憚らず、『私は美少女だから全ての蛮行《ばんこう》が許される』という台詞が口癖の人物でした」

………………長い沈黙の後、誰もがどう反応して良いのか分からずに、お互いに顔を見合わせてしまった。

森人は長命であり、その長い人生を使って文武に励んでいることから、自分たちに劣る点が多い短命な人間種を侮《あなど》っている。

しかし、魔族と魔物の大軍勢を撃滅して、人類最大の脅威である魔王を屠《ほふ》り、人魔大戦を勝利に導いた勇者イデアに対しては、流石の森人たちも畏敬《いけい》の念を抱いていた。

そう、抱いていたのだが……。

「ふ、ふん！　勇者も所詮は人間だったということだ！　やはり儂ら森人が至高の種族であり、森人に勝る人間など存在しない！」

オールドは気を取り直してそう豪語した後、茶番はもう終わりだと言って手を叩き、付き人たちに世界樹の果実を持ってこさせた。

それをドンっと目の前に置かれたクルミさんは、ネジを巻いて自分を起動させたゼニスに顔を向ける。

「質問。当機体には現在、どのような行動が求められているのでしょうか？」

「あー、えっとな、この大きな果実を割って貰いたいんや。クルミはんは胡桃を割るの、得意なんやろ？」

「肯定。万事お任せください。当機体はこれより、万象《ばんしょう》破砕機能を使用して目の前の胡桃を叩き割ります」

クルミさんはそう宣言してから、手刀を高々と上段に構えた。

この場にいる誰もが息を呑んで見守る中、クルミさんの手刀には光と闇が同時に宿り、螺旋状《らせんじょう》に高速回転して大気を鳴動させ、最強に見えなくもない力が視覚化される。

そして、彼女は一拍置いてから、カッと目を見開き、万象破砕の一撃となる手刀を目にも留まらぬ速さで振り下ろした。

——手刀がコツンと殻に当たり、世界樹の果実は無傷なまま健在している。

「報告。該当する機能を使用することが出来ません。自らをスキャンしたところ、構成部品の一部が破損していました。正常な部品に交換することを推奨《すいしょう》します」

クルミさんは特に困った様子もなく、淡々と事実だけを羅列《られつ》した。

これに困ったのは、当然ながらゼニスと賢老会の面々だ。オールドなどは悪鬼羅刹《あっきらせつ》の如き表情で、顔色を赤、青、紫と目まぐるしく変化させている。

「……ど、どないしよ」

「おい!!　ゼニス貴様ッ!!　不良品を掴まされたなッ!?」

「いやいやいやっ、ちょっと待ってな!?　あ、あの、クルミはん……。交換する部品って、どんなやつが必要なん……？」

殺気を放ちながら立ち上がったオールドを尻目に、ゼニスはクルミさんにおずおずと尋ねた。

クルミさんはゼニスに無感動な瞳を向けながら、必要な部品の詳細を一息に伝える。

「回答。内部に純度百パーセントの液状ミスリルを用いた立体八重魔法陣が回路として組み込まれているオリハルコン素材の百六十三式小型歯車です」

「………す、すまんけど、もっかい教えて？」

「回答。内部に純度百パーセントの液状ミスリルを用いた立体八重魔法陣が回路として組み込まれているオリハルコン素材の百六十三式小型歯車です」

人形故に呼吸を必要としていないので、滞ることも舌が絡まることもなく、クルミさんは二度も説明してくれた。

ゼニスは頭の中で、クルミさんから聞き出した部品を用意出来るのか考える。

ミスリルは純度が高ければ高いほど液状になる希少金属で、鉄なんかに混ぜて杖や剣を作ると、魔法現象に何らかの影響を及ぼすようになる代物だ。

しかし、純度百パーセントのミスリルなんて、ゼニスの人脈を以てしても作れる者には辿り着かない。現代の知識と技術では、どう足掻いても一パーセント程度は不純物が混ざることをゼニスは知っている。

オリハルコンの方はミスリルの希少性すら霞むほどの超希少金属だが、ゼニスであれば何とか入手出来るだろう。

だが、そもそもオリハルコンは、加工方法を誰も知らない金属として有名であり、展示品としての価値しかない代物だ。それを小さな歯車にしろと言われても、不可能だと断言出来る。

それから、立体八重魔法陣なんて見たことも聞いたこともない技術で、この点に関しても完全にお手上げだった。

無理難題の三重苦を課せられたゼニスは、早々に音を上げて賢老会の面々を見回し――

「いやぁ、やってもーたわ！　まっ、駄目なもんはしゃーなし！　くよくよせんと、次いこか！」

ニッコリと笑みを浮かべることで、諸々を誤魔化すことにした。

クルミさんが正常に機能することを事前に確かめなかったゼニスは、確かに悪いのだが……そもそも、王族に下賜される前のものを検品してケチを付けるなんて、とてもではないが一介の商人に出来ることではない。

それに、物品鑑定用の眼鏡を使ってクルミさんを調べても、難解な文字と数字の羅列が見えるだけなので、今回ばかりは仕方がないと言える。

しかし、それらの事情が情状酌量《じょうじょうしゃくりょう》の余地として認められることはなく、ゼニスは罰として『世界樹の果実を割れる何か』を持ってくるまで、森人の里に立ち入ることを禁止されてしまった。

15話　ペリカンと人形

――プールを満喫した日の夕方。

殆どの面々が遊び疲れて熟睡している最中、俺とアルティは牧草の上に沢山の因子とコケッコーのラブを並べて、悩ましげに眉根を寄せながら話し合いを行っていた。

「むむむ……。やはり我としては、タコチューの因子をガトリングコッコーに注入するのが、一番良いと思うのだ！」

「うーん……。ガトリングコッコーを進化させるには、コケッコーのラブが千個も必要になるからなぁ……。それよりも、手に入れた因子をコケッコーに注入して、一番安価な変異進化個体を一通り確認した方が良くないか？」

話し合いの内容は、今までに集めたリソース――つまり、水棲系の魔物の因子とコケッコーのラブをどうやって使うべきか、それを決めるものだった。

魅了魔法を使うタコチュー。雷魔法を使うビリビリクラゲ。回復魔法を使うヒーリングカジキ。収納魔法を使うパックンシェル。

これらの因子の中で、アルティが真っ先に目を付けたのは、自分たちを苦しめる原因となった魅了魔法を使うタコチューの因子だ。

これをガトリングコッコーに注入して変異進化させれば、魅了魔法をばら撒ける凶悪な魔物が生まれるはずだと、かなり期待しているらしい。

「主様も魅了魔法の脅威は、身を以て理解したであろう!?　あれを味方が使えれば、もう何も怖いものはないのだ！」

「まあ、一理あるのは認める……。けど、ガトリングコッコーを進化させたら身体が大きくなり過ぎて、ダンジョンに入れなくなるかもしれないぞ」

今のダンジョンの入り口は三メートルほどの大きさなので、それ以上の大きさの生物は入れないようになっている。

ダンジョンに入れなくなった魔物（家畜）の主な仕事と言えば、俺たちの牧場を守ることだが……もう防衛戦力は十分に整っているので、今はダンジョン探索に貢献してくれる魔物を増やしたい。

因子もラブも毎日順調に供給されているとはいえ、現段階では一から十までのパターンを全て調べることは出来ない。特に、ラブを千個も使う三段階目の進化に関しては、熟考する必要がある。

そのことを伝えると、アルティは俺の考えに沿った建設的な意見を述べた。

「むぅ……。では、シーコッコーにパックンシェルの因子を注入するのが良いと思うのだ。この組み合わせであれば、運搬能力が向上することは目に見えておらぬか？」

「おおっ、言われてみれば確かにそうだな。その場合は二段階目の進化になるから、必要なラブは百個か」

家畜の一段階目の進化（魔物化）に必要なラブは十個、二段階目の進化は百個、三段階目の進化は千個となっている。

四段階目は未だに確認出来ていないが、あるとしたら一万個かもしれない。

俺は早速、適当なシーコッコーを呼び出して、パックンシェルの因子を注入した。ちなみに、ルゥのお気に入りのシーちゃんに手を出すつもりはない。

こうして、『シーコッコー＋パックンシェルの因子』のパターンで変異進化させてみると——新たに生まれた魔物は、どう見てもペリカンだった。

それはもう、紛うことなきペリカンだ。

この瞬間、俺とアルティの後ろに突然転移してきたゼニスが、『いやっ、そうはならんやろ！』と鋭いツッコミを入れてくる。

「よく来たな、ゼニス。大事な仕事とやらは終わったのか？」

「こんにちはなのだ、商人。今日も美味しいもの、持ってきてくれたのであろうか？」

俺とアルティが軽く挨拶をすると、それに続いてペリカンもクワァと一鳴きした。

ゼニスは狼狽《ろうばい》しながら、俺たちとペリカンを交互に見遣る。

「し、仕事は終わったし、今回も仕入れはバッチリやけど……えっ、じ、自分ら何なん……？　何でそんな冷静なん……!?　これ、ウチの感性がおかしいんか……？」

ゼニスが戸惑っている理由は、コケッコー系統の魔物がペリカンになったことだろう。

まあ、俺としても予想外だったが、俺たちの牧場では不思議なことが度々起きるので、この程度のことはすんなりと受け入れられる。

このペリカンは体長が一メートル半くらいあって、喉袋が大きく発達していた。羽毛が水色で、頭に白いセーラー帽子を被っているところは、シーコッコーの頃と変わっていない。

「とりあえず、ペリカンにどんなことが出来るのか、試して貰おうか」

第九の牧場魔法を使えば、ペリカンの情報も簡単に知ることが出来る。だが、それでは少々味気ないので、俺はペリカンに『特技を見せろ』と命令した。

すると、ペリカンは一鳴きしてからきょろきょろと辺りを見回して、一番近くにいたガンコッコーをパクリと一口で食べてしまう。

ゼニスはぎょっとしたが、俺とアルティには凡その察しが付いている。

「我にはお見通しなのだ！　ずばりっ、それは捕食ではなく収納であろう⁉」

アルティの指摘に、ペリカンは肯定するように一鳴きしてから、今度は近くにいたシーコッコーを二羽、パクパクと立て続けに食べてしまう。

合計三羽も食べたのに、ペリカンの喉袋は少し膨れているだけで、まだまだ入りそうだった。それから、ペリカンは翼を広げて飛び立つと、優雅に空を飛行し始めた。

「元々はコケッコーだった癖に、空を飛べるようになったのか……」

この後、上空を軽く一周して戻ってきたペリカンは、口の中から無事な姿のガンコッコーとシーコッコーを吐き出した。

別に涎塗れになっている訳ではないが、なんとも汚い絵面だったので、俺たちは顔を顰《しか》めてしまう。

「ちょ、ちょょっと待ってな……。もしかして、この子、収納魔法が使えるん……？」

「ああ、見ての通りだ。しかも空まで飛べるんだから、これ以上ないほど優秀な運搬係だと思う」

慄くゼニスに俺はそう答えて、急遽《きゅうきょ》このペリカンを可能な限り増やすことにした。他の因子による変異進化の確認は、別の日に回そう。

流石にコカトリスほどの大きさになると、ペリカンの口には入らなかったが、その運搬能力はシーコッコーの比ではないので、今後はこいつらが運搬部隊の主力になる。

ペリカンが優秀過ぎて、シーコッコーの仕事はなくなりそうだが……まあ、ペリカンに進化させる分はそのまま減るし、残りも追々進化させるので、大した問題ではない。

――こうして、手持ちのパックンシェルの因子を全て使い切り、新たに生まれたペリカンの数は六羽だった。

変異に失敗した個体も同数存在しており、そいつらはシーコッコーの正統な進化先である魔物、『シーバイクコッコー』になっている。

こいつの大きさもペリカンと同じ一メートル半くらいで、その姿はシャープな形をしているシーコッコーといった感じだ。それと、セーラー帽子を脱いで黒いサングラスを掛けているという、割とどうでもいい相違点があった。

シーコッコーは玩具のようなスクリューをお尻から生やすことが出来たが、シーバイクコッコーはお尻からジェットエンジンのような代物を一機、生やすことが出来る。

これを使って水上をかなりの速度で移動するらしく、その性能は金盥プールだと狭くて測り切れないほどだった。

攻撃能力は未だに獲得出来ていないので、水上の移動に特化した進化となっている。……ああいや、一応、自滅前提の体当たりは強力かもしれない。


——因子の注入と進化が終わってから、俺はゼニスとの取引を行った。

今回は船を造るために必要な大量の木材を仕入れて貰ったので、これは貝殻倉庫に入れたままダンジョンの第二階層まで運び、そこで魔法の設計図を使って船を完成させる予定だ。

木材は何回かに分けて運んでくるかと思ったが、貝殻倉庫のおかげで一回の運搬で済んでいる。

ゼニスも大きな仕事とやらが終わったらしいので、明日にでもみんなで海へ行けるだろう。

「な、なぁなぁ、第三王子はん……。これも買ってくれへん……？　今ならお安くしまっせ……」

ゼニスが珍しく本気で困っているような顔をしながら、荷車に載せてきた貝殻倉庫の中に手を突っ込み、メイド服を着た女性の人形を取り出した。

無機質な白い肌、光沢を帯びた白銀の髪、赤みと青みが交ざった毛先、紫色の宝石のような瞳、整い過ぎている容姿、背中から飛び出しているネジ。

……どれもこれも、俺には見覚えがある。

「おいおい、それって王城の宝物庫に入っていなかったか……？　小さい頃に見た記憶があるぞ」

「せやで。これは国宝だった全自動胡桃割り人形のクルミはんや。実はな――」

こうして、ゼニスは愚痴を零《こぼ》すように、『大きな仕事』の内容や自分が置かれている状況など、掻い摘んで俺に説明した。

なんでも、森人は世界樹の果実を割る手段を失っており、それを解決するためにゼニスはこの人形を調達したが、肝心の胡桃を割る機能が壊れていて使えなかったそうだ。

そして、不良品を掴まされたことに怒った森人の長老たちが、ゼニスに里への出入りを禁止したという。

全自動胡桃割り人形のクルミさんは、見ての通りゼニスの手元に残った訳だが、これは王族から下賜されたものなので、手放すことがとても難しい。

下賜されたものを売り飛ばそうものなら、角《かど》が立つことは容易に想像が付く。しかもなんと、この人形は勇者イデアが製作した代物らしい。

俺の家族はその事実を知らないそうだが、そんな事情があると売り難さに拍車が掛かる。

もしも俺の家族が文献などを読んで、その事実に気が付いた場合、この人形を持っていると揉め事になりかねないのだ。

「――なるほど。それで俺に、買い取って貰いたいのか」

「その通りや！　第三王子はんに望まれて譲ったとなれば、何処にも角《かど》が立たんやろ？　王族からの貰い物を王族に譲り渡すだけやからな」

「勇者イデアが作った物をその子孫に渡すって意味でも、体裁《ていさい》を整えられるしな。……まあ、一つ問題があるとすれば、俺が人形を欲しいとは思っていないことなんだけど」

「えぇっ⁉　そ、そないなこと言わんといて⁉　ウチが頼れるのはもうっ、第三王子はんだけなんや！　白金貨千枚ぽっきりでええから！　ほんま頼むてー！」

白金貨千枚は高過ぎるだろ。……いや、仮にも国宝だった訳だし、美術品としての価値だけでも、それくらいの値段にはなるのか？

美術品に目がない蒐集家《しゅうしゅうか》なら、一も二もなく飛び付いたかもしれないが、如何《いかん》せん俺は美術品に一切の関心がなかった。

欲しいのは実用的なものだが、全自動胡桃割り人形なのに胡桃を割る機能が壊れている人形なんて、活用方法が思い付かない。

船を一隻造ったら、魔法の設計図はゼニスに白金貨千枚で売るつもりだったので、この交渉を受け入れるのであれば、物々交換になる。

実用性百点満点の設計図と、芸術性百点満点の人形を交換……。一応、釣り合いは取れているから、ゼニスを助けてやりたいという気持ちもあるのだが……。

「うーん……。俺はさ、白金貨九千八百枚を貯めないといけないんだ。ここで人形を買ったら、ゼニスを買える日が遠退くから、ちょっと頷き難いな」

「うっ……その話、まだ生きとったんか……。ほ、ほんなら、ウチのお値段を白金貨八千八百枚にしたるから、この人形を白金貨千枚で買わん……？　ほらあの、船の設計図……あれでお支払いというか、交換で……」

「え、それだと実質タダになるぞ……？　俺は全然構わないけど、ゼニスはそれでいいのか？」

ゼニスは自分が買われることに半信半疑だったようだが、いよいよ俺の本気度を察して、頬を赤らめながらコクリと頷いた。

がめつい商人としての仮面が剥がれて、何だか乙女っぽい顔になっている。

俺はゼニスをアルス領の財務大臣に据え置きたいだけなのだが、ゼニスは自分が女性として求められていると勘違いしていた。

……まあ、俺は何食わぬ顔で、『そんな勘違いをしているなんて知りませんでした』という体を保っておこう。

――こうして、俺たちの間で魔法の設計図と人形を交換することが決まった。

実際に交換を行うタイミングは、俺が船を一隻造った後になるので、クルミさんには今しばらく、ゼニスの貝殻倉庫の中で眠っていて貰う。

実質タダになったとはいえ、人形の用途は未だに決まらない。倉庫に放置しておくか、あるいは何処かに飾るしかないと思うのだが……生活用のゲルの片隅に置いておけば、目の保養になるだろうか？

「よっしゃ！　後顧《こうこ》の憂《うれ》いもなくなったし、ウチの気持ちは海水浴に一直線や！　久々の休暇、思いっきり羽を伸ばすでー！」

「海水浴は明日にするから、今日は牧場に泊まって疲れを取っておけよ。……あ、ルビーも来ているんだけど、部屋は一緒で大丈夫か？」

「全然構わへんよ。ウチとルビーはんは昔からの知り合いやから、気心は知れとるで」

客室になっているゲルは内装が随分と整ったので、もう客人を泊めることだって恥ずかしくはない。

だが、一部屋分しか用意出来ていないので、ルビーとゼニスには相部屋で使って貰うことになった。

元社畜としては、頑張って働いている人には休日くらい、伸び伸びと過ごして貰いたいという気持ちが強いので、少しだけ申し訳なくなってしまう。

まあ、食事は調味料を惜しみなく使った豪勢なものにして、盛大に持て成すとしよう。

16話　海水浴

――ゼニスが合流した次の日。

いよいよ俺たちは、ダンジョンの第二階層にある海へ向かって出発した。

俺がダンジョンに直接入るのは初めてのことなので、中々に緊張しているのだが、備えはこれでもかというほど万全だ。

造船のために必要な木材も、貝殻倉庫に入れたまま軍鶏たちに輸送して貰っている。

陸地で俺たちを護衛するのは、ガンコッコー三十羽、ガトリングコッコー五羽、シールドコッコー十羽だ。

海で俺たちを護衛するのは、シーコッコー十羽、サブマリンコッコー十二羽、シーバイクコッコー六羽、ペリカン六羽となっている。

実際に海で戦えるのはサブマリンコッコーだけなので、他は偵察《ていさつ》と救助が主な仕事だ。

ちなみに、鳥獣人の戦士たちはコカトリスと共に、牧場の警備に当てている。

「アルス、これって過剰戦力じゃないの？　こっちにはルゥもアルティもいるんだから、軍鶏はこんなに必要ないでしょ」

モモコにそう指摘されて、俺は確かにその通りだと頷く。

大きな戦力として数えられる人員は、ルゥとアルティだけではなく、戦乙女のルビーと大魔導士のゼニスまでいるのだから、この集団は間違いなく過剰戦力だ。

危険なダンジョンの中を歩いているというのに、非戦闘員のピーナですら自分の身は安全だと確信して、のほほんと歩いている。

海水浴へ行くだけなのに、随分と仰々しい大所帯での移動。第一階層で遭遇するカタイガニは、先行している軍鶏の部隊が見敵必殺《けんてきひっさつ》で仕留めているので、俺たちはその姿すら拝めていない。

「まあ、安全過ぎて困るってことはないし、これでも問題ないだろ」

そう結論付けた後、淡々と歩くだけの時間がしばらく続いて――俺たちは無事に、第二階層へと辿り着いた。

テレビ画面越しに見ていた真っ白な砂浜と、真っ青な海。空も頗る快晴なので、絶好の海水浴日和《びより》だと言える。

この光景を肉眼で見ると、心に湧き上がる感動も一入《ひとしお》で、思わず駆け出したくなってしまった。

「ピーっ！　凄い綺麗だッピね！　早く遊びに行くッピよ‼」

「むっ、待つのだ！　海に一番乗りするのは我なのだぞ‼」

興奮気味なピーナが民族衣装を脱ぎ捨てて、下に着てきた水着姿になると、誰よりも先に海へ向かって飛び出した。そんな彼女の背中をアルティが慌てて追い掛ける。この二人は精神年齢が近いので、何かと一緒に遊ぶことが多い。

サブマリンコッコー艦隊が既に現地の海域を制圧しており、海上に配置されているシーコッコーたちが安全圏の目安となっているので、そこを越えなければ好きに遊んでくれて構わない。

安全圏の中ではシーバイクコッコーが万一の場合に備えて、迅速《じんそく》な救助が出来るよう待機しており、上空を飛んでいるペリカンも有事の際は、俺たちを咥えて救助する手筈となっている。

これだけ安全に気を遣えば、きっと滅多なことは起こらないだろう。

「……暑い。ルゥも、水遊びする。……シーちゃん、行こ」

ルゥはシーちゃんを引き連れて海に入ると、早速海上でシーちゃんを乗り回し始めた。金盥プールとは違って広々としているので、実に気持ちが良さそうだ。

ちなみに、シーちゃんはシーバイクコッコーに進化したがっていたが、ルゥの許可が下りなかったので、シーコッコーのままである。

どうして許可しないのか、ルゥに尋ねたところ、『可愛くない』の一言でバッサリと切り捨てられた。もしかしたら、シーちゃんは永遠にシーコッコーのままかもしれない。

「若者は元気でええなー。ウチは年寄りらしく、水際でちゃぷちゃぷしよかな」

「何を言っていますの？　ゼニスほど精力的に働いている人が、お年寄りを装わないでくださいまし」

「いやぁ、若さに当てられると、どうしてものんびりした気持ちになるんよなー」

ゼニスは腰にパレオが付いている楚々とした青色のビキニを着て、波打ち際で水と戯《たわむ》れ始めた。

いつも纏っているがめつい商人の雰囲気がなくなっており、何だか今のゼニスは、純度百パーセントの嫋《たお》やかな美女にしか見えない。

ルビーはそんなゼニスに軽口を叩くと、自分も水着姿になって波打ち際で海を満喫し始めた。

俺が水着姿になると、ルビーは物凄い頻度でチラチラとこちらを見てくるようになったが、別に見られて減るものじゃないので、放置しておこう。

「アルス、あたしたちはどうする？　やっぱり泳ぐ？」

モモコも好きに遊べばいいと思うのだが、当たり前のような顔をして俺の横に居座っている。

仕方ないから特別に、俺が海での遊び方をレクチャーしてやろう。

「泳ぐのは後回しだ。何事にも順序ってものがあるからな。海と言えば、まずは城を建てないことには始まらない」

「し、城……？　一体どういうことなの……？」

砂浜での城作りと言えば、当然だが砂遊びのことだ。

しかし、ただの砂遊びではない。これは砂遊びの中でも、最も高度とされる波打ち際の城作り。

押し寄せる波に幾度となく邪魔をされて、時間経過によって満ちる潮《しお》に急かされ、完成してもどうせすぐに壊れる城と知りながら、それでも尚築き上げる精神力が必要になる。

そのことをモモコに熱く語ると、モモコはそれの何が面白いのか理解に苦しんでいる様子で、ぽつりと呟く。

「あたし、時々アルスのことが分からなくなるわ……」

「そうか……。なら、これだけは覚えておいてくれ。男はいつだって、一国一城の主になることを夢見て生きているんだ」

思えば、前世で草臥《くたび》れたサラリーマンをやっていた頃は、ずっと借家暮らしで夢叶わずに過労死した。

それが今では、立派な一国一城の主となって――いや待て、ゲルは本当に立派な城か？

大草原で暮らす獣人たちが長年愛用しているだけあって、住み心地のいい住居なので不満はないのだが、どうしても仮住まいという感じが否めない。

王城のような、とは言わずとも、普通の一軒家くらいは建てたくなってきた。

浜辺で砂の城を作りながら、そんなことを考えていると——突然、俺の頭の中に天啓の如く、第十二の牧場魔法の使い方が降ってくる。

それは、今まさに欲しいと思っていた家、『牧場主の館』を建てる魔法であり、家畜小屋を建てるのと同様にラブを必要とする魔法だった。……その数は、なんと家畜の種類を問わずに、合計一万個。

「一万……一万か……。流石に一万は辛いな……」

飼育するコケッコーの数なら、割とあっという間に増やせるし、増えたコケッコーを飼育するために街で人を雇うことも出来るので、決して届かない数字ではない。

ただ、どうにも乗り気になれない自分がいる。牧場主の館を建てることは必ずしも必要という訳ではなく、また牧場の利益に繋がるかと聞かれると、そんなこともないだろう。

これだと完全に、俺の趣味の範疇になりそうだ。そんな趣味のために、大量のコケッコーの命を使うのは躊躇われる。

コケッコー系統の魔物の進化先を確認したり、有益な魔物の数を増やしたりするために、まだまだ沢山のラブが必要なので、ラブは優先して品種改良に回したい。

これは牧場の利益に直結する話なので、家を建てるのとどちらを優先するかなど、議論の余地がないだろう。

趣味と言えば造船も同じなのだが、こちらはまだ『第二階層で使うかもしれない』という可能性があるので、自分の心に言い訳が出来た。

別に趣味が悪いとは言わないが、ラブにしてもダンジョン探索の成果にしても、家畜の命を代償にしているのだから、それを使うなら何かしらの利益に繋がる可能性は見出しておきたい。

……まあ、こんな考えは自己満足以外の何物でもないが。

「ねぇアルスっ！　あたし、お城って見たことなかったんだけど、何だか凄い建物みたいね！　本物はこれの何百倍も大きいんでしょ!?　あっ、そうだわ！　作りながらでいいから、アルスがお城で暮らしていた頃のお話っ、色々と聞かせてくれないかしら!?」

俺が考え事をしながら漫然と城作りを行っていると、その様子を飽きもせずに隣で眺めていたモモコが、声を弾ませながら喋り掛けてきた。

モモコのキラキラした眼差しがくすぐったくて、俺は小さく笑みを漏らす。それから、第十二の牧場魔法のことは一旦忘れて、他愛もない昔話を聞かせてやることにした。

特筆するほど面白い話がある訳ではないが、モモコは嬉しそうに俺の昔話に耳を傾けて、とても緩やかに時間が過ぎていく。

――砂浜の上に、一メートルくらいの立派な城が完成した。

俺とモモコ、それに途中からゼニスまで加わって一緒に作った砂の城は、思った以上に本格的な仕上がりとなっている。

俺たちが砂遊びに熱中している間、ルビーはピーナとアルティの遊び相手になりながら一緒に泳いでおり、ルゥは相も変わらずシーちゃんに乗って海上を爆走中だ。

「完成すると達成感があるわね……!! 砂遊びなんて、何が楽しいのか分からなかったけど、今なら何となく分かるわ！」

「本物はこれよりも、ずーっと大きいんやで！ モモコはんがアレを見たら、きっと腰抜かすわ！」

モモコは泥だらけの手で額の汗を拭いながら、満足げに砂の城を眺めている。

その横では、ゼニスが本物の城の大きさを身振り手振りで伝えようとしているが、モモコに対して十全に伝わる様子はない。

王城とは国王の、延いてはイデア王国の権威の象徴そのものであり、民草《たみくさ》に安心感と畏敬の念を抱かせるための役割を担っているので、過剰と思えるほど大きく造られている。

だから、モモコが実物を目にしたら、本当に腰を抜かすかもしれない。

「さて、砂遊びも堪能したし、俺たちも泳ぎに行くか」

俺が腰を上げると、ゼニスは小首を傾げて一つ問い掛けてくる。

「第三王子はん、船は造らんでええの？　あんな楽しみにしとったのに」

「あれは今日のメインディッシュだから、一通り遊び尽くしてからがいいな」

一度船を造ってしまったら、もう泳いでなんていられない。一も二もなく、船を動かしたくなるに決まっている。

そんな訳で、今は一先ず海水浴を楽しもうと、俺たちは海へ向かって歩き出し――ふと、モモコが足を止めて、砂浜の一点を指差しながら声を上げた。

「あっ、ちょっと待って！　あれって何かしら？　なんか、ピカピカしてない？」

俺とゼニスがそちらに目を向けると、金色の何かが砂浜から僅かに顔を覗かせていた。

それは波が押し寄せる度に砂で隠されたり、逆に砂が退かされたりと、本当に見えるか見えないかギリギリのところに埋まっているようだ。

「あれはきっとお宝やで！　泳いどる場合とちゃうやん!!」

つい先程まで休暇モードだったゼニスが、一瞬でがめつい商人としての顔に戻ってしまった。

そして、我先にと金色の何かに駆け寄ろうとしたので、俺は慌ててゼニスを引き留める。

「待て待てっ！　ここがダンジョンだってことを忘れるな!!　罠だったらどうするんだ!?　こういうときは、ガンコッコーの――いや、折角だしシールドコッコーに頑張って貰おう」

俺は砂浜の警備をしていた軍鶏たちの中から、一羽のシールドコッコーを呼び出して、砂浜に埋まっている金色の何かを掘り出すよう命令した。

シールドコッコーはコケッと勇ましく一鳴きした後、蟹の甲羅の盾を使って素早く発掘作業を行う。

モモコが『穴掘りは兵士の必須技能』と宣《のたま》って、軍鶏たちに穴を掘る練習をさせていたので、作業の速度は頗る速い。

こうして、ものの数分で砂浜から掘り出されたのは、驚くべきことに金色の宝箱だった。

「うっひょーーーっ!! マジもんのお宝やん!! 中身は山分けにしよな!? ウチら一緒にいたし、三人で発見したってことで、三等分にしよ!! なっ!?」

「駄目よ。あたしが見つけたんだから、全部アルスのものに決まっているでしょ」

ゼニスは大興奮でお宝の山分けを希望したが、モモコは一考の余地すらないと言わんばかりに断った。

このお宝はアルス牧場の従業員であるモモコが発見したものなので、当然のように牧場主である俺のものだ。モモコはその辺をよく分かっている。

まあ、売れるものはゼニスに優先して売るので、それで納得して貰いたい。

「シールドコッコー、盾を構えながら宝箱を開けてくれ。くれぐれも気を付けろよ」

俺が命令すると、シールドコッコーは緊張した面持ちで盾を構え、ゆっくりと宝箱を開けた。

一秒……五秒……十秒……と、何事もなく時間が経過して、俺たちは一安心しながら宝箱の中を覗きに行く。

すると、そこに入っていたのは、古ぼけた一枚の羊皮紙だった。

ゼニスが何処からともなく取り出した眼鏡を装着して、早速この羊皮紙《ようひし》を鑑定する。

「ふぅん……。これそのものは、マジックアイテムでも何でもないなぁ……。けどま、これは見るからにアレやろ！」

羊皮紙には四本のヤシの木が生えている小島と、胴体が星模様になっている魚が描かれており、島の中央にある木の下には宝箱、魚の腹の中には鍵《かぎ》のマークが描かれている。

「ああ、これはどう見ても、宝の地図だな……!!」

どうやら、俺が海で泳ぐのは、またの機会になりそうだ。

宝の地図を頼りに大海原に出るのなら、船がなければ格好が付かない。

俺は早速、ガンコッコーたちに指示を出して、貝殻倉庫の中に入れていた木材と、その他の船の材料を砂浜に並べて貰う。その間に、遊んでいるみんなを緊急招集することも忘れない。

——そうして、全ての準備が整ったところで、俺はこれまた貝殻倉庫の中に入れておいた魔法の設計図を取り出した。

緊張と期待と興奮で頭の中をぐちゃぐちゃにしながら、設計図に少しずつ魔力を注いでいく。

「みんな見てっ!!　木が勝手に浮かんで加工されていくわよ!!」

「……アルス。今日、記念日？」

「凄いッピ！　何だかよく分からないけどっ、とにかく凄いことが起きてるッピ！」

驚愕しているモモコたちの視線の先では、次々と浮かび上がった木材が独りでに加工されて、瞬く間に海上で組み立てられていく。

これは国中の造船技師が、失業の危機を感じて顔を青褪《あおざ》めさせる光景だろう。

それと、ルゥが今日は記念日かと尋ねてきたが、そんなの当たり前だ。今日は文句なしの、造船記念日である。

「ぐぬぬぬぬっ、我の方が絶対に大きいのだ……!!　お肉を沢山食べさせてくれたら、船なんて使わずともっ、行きたい場所まで我が飛んで運ぶのに……!!」

アルティだけが感激に浸れていない様子で、しかも大型船に対してジェラシーを抱いているらしく、俺たち一人一人に『我の背中っ、乗っても良いのだぞ!?』と声を掛け始めた。

アルティの背中に乗っていけば済むというのは、確かにその通りなのだが、移動手段が他にあるならアルティのエネルギーは温存しておきたい。

活躍しているイメージは全くないが、アルティはルゥに次ぐ牧場の大きな戦力なので、いざという時にエネルギー不足では困ってしまう。

ぐぬぬぬ……

「たまげたなぁ……。鑑定で効果を知っていても、この目で実際に見ると、インパクトが強烈やわ……」

「この速度で大型船が完成するなんて、間違いなく国宝級のマジックアイテムですわね……」

魔法の設計図がイデア王国にどのような影響を及ぼすのか、様々な想像が付くゼニスとルビーは、感心しながらも心の底から圧倒されていた。

それから、ものの数分で大型の帆船が完成して、その威容が俺たちの前に晒される。

全長四十メートル、横幅十二メートル。三反《たん》の大きな帆が張られたメインマストの高さは三十メートルで、二反の帆が張られた二本のサブマストの高さは二十五メートル。

こんな巨大建造物が海の上を進むというのだから、やはり船とは浪漫の塊《かたまり》だと思う。

「アルスっ、アルスっ！　それで、これはどうやって動かすッピ!?」

「ああ、それは——あれ？　どうやって動かせばいいんだ？」

興奮しているピーナの純粋無垢《むく》な質問に、俺の思考は一時停止してしまった。

17話　お宝

大型船を造ったは良いものの、誰一人として動かし方が分からなかったので、俺たちは仕方なくシーバイクコッコーの背中に乗って、お宝がある小島まで向かうことにした。……船を動かせる人材は、追々探そう。

ちなみに、ルゥだけは頑なにシーちゃんに乗り続けているので、俺たちの移動速度はシーちゃんに合わせなければならない。

この第二階層に複数存在する小島なら、モモコとサブマリンコッコー艦隊が全て把握しており、『ヤシの木が四本生えている小島』に該当する場所は一つしかないそうなので、俺たちは迷わずそこへ向かう。

サブマリンコッコー艦隊が先行して、道中の海域にいる邪魔な魔物を倒しているので、海上の旅は特に苦もなく快適だ。

後は身体に星模様がある魚を捕まえて、鍵を入手すればいいだけ。この魚に関しても、件の小島の周辺を泳いでいるとの情報がモモコから齎されている。

中々に大きい魚だが、とても臆病で少し近付くと即座に逃げてしまうらしい。

サブマリンコッコーの魚雷を使って倒すと、腹の中にあるはずの鍵が壊れそうなので、ここは釣り上げるしかないだろう。

幸いにも、俺たちには第一階層で手に入れたお宝、『睡魔の釣り針』があるので、食い付きさえすれば捕まえたも同然だ。

「――で、急遽ペリカンに持ってきて貰った餌が、こちらです」

小島に到着して早々、俺がマイクを使って呼び出したペリカンは、口からペッとミミズを吐き出した。

それはただのミミズではなく、なんと体長が五十センチもある化物ミミズだ。

ルビーは虫が苦手だったのか、ミミズを見た途端に『ひぃぃ……』と小さな悲鳴を上げて卒倒した。

それと、何故かピーナが涎を垂らしながら、物欲しげな眼差しをミミズに向けている。……これは俺の精神衛生上、大変宜しくないので、見なかったことにしよう。

「大きいミミズね……。アルス、こんなの何処で捕まえてきたの？」

「牧場の畑からだな。ほら、畑に撒いた腐葉土《ふようど》があるだろ？　元々はあの中に交じっていた普通のミミズで、いつの間にか大きくなったんだ。しかも、俺の家畜って扱いで」

指先でミミズを突《つつ》いているモモコからの質問に、俺は自分でも予想外だった事情を説明した。

驚くべきことに、この化物ミミズは『家畜』を調べるための第九の牧場魔法によって、しっかりと情報を確認することが出来るのだ。

その情報によると、別に魔物化した訳ではないようで、土に混ぜた緑肥とコケッコーの内臓を沢山食べて、異常な成長を遂げたらしい。

こいつは人や作物に危害を加えたりするようなやつではなく、土を豊かにしてくれる立派な益虫なので、餌にしてしまうのは心苦しい。

けど、畑にいる化物ミミズは一匹だけではないので、まあいいだろうと割り切る。

俺の家畜になった以上、生餌《いきえ》にするのは流石に可哀そうなので、とりあえず牧場魔法で解体してみた。

すると、ブヨブヨした肉塊が四個に、ミミズのラブが一個、それから上質な土が一袋分手に入る。

「ほほぅ……！　家畜だからラブも手に入るのだな！」

アルティが新たなラブに関心を示し、その横ではゼニスが肉塊と土の鑑定を始めた。

「おおー、これは中々のもんやで。ミミズの肉塊の方は、魚と鳥が喜んで食べる極上の餌やな。そんでこっちの沃土《よくど》が、植物の成長を劇的に早めてくれる代物や」

俺としてはミミズ肉とラブだけが手に入ると思っていたので、この沃土は想定外の嬉しい収穫だ。

「……アルス。これ、美味なもの？」

「いや、魚と鳥用っぽいし、俺たちが食べても美味しくないと思う。においもなんか、あんまり食欲がそそられる感じじゃないし……」

ルゥが例の如く、ミミズ肉を指差して美味しいか否か尋ねてきたが、今回は十中八九外れだろう。肉塊になると元々がミミズだったとは分からなくなるが、においは腐葉土そのものなので、とてもではないが食べる気になれない。

そもそも俺は、蜂の子ですら遠慮したので、ミミズはもっとご遠慮したかった。

「ピーーーっ!! 食べたいッピ!! ボクはこれっ、食べたいッピよ!! すっごく美味しそうなにおいがするッピ!! お願いッピ!! 食べさせてッピ!! 一生のお願いだッピよぉ!!」

「ぴ、ピーナっ、考え直すのだ！ こんなの食べたらっ、ポンポンが痛くなってしまうのだぞ!?」

ピーナが珍しく盛大に我儘を言い出して、アルティがそれを必死に止めようとした。

まあ、ピーナは鳥なので、ミミズを食べるのではないかと薄々勘付いていたが……これ、食べさせていいのか？

「今はお宝のために、釣り餌にするのよね？ ピーナ、食べるにしても牧場に帰ってからにしなさいよ」

モモコが尤《もっと》もなことを言ってピーナを宥めながら、ヤシの木の枝をへし折り、ペリカンに持ってきて貰ったロープと複数の睡魔の釣り針を組み合わせて、即席の釣り竿を作製した。

とても不格好な釣り竿だが、睡魔の釣り針は食い付いた相手を強制的に眠らせるので、ある程度頑丈であれば何も問題はない。

「ピー……。アルス、帰ったらボクにミミズのお肉、食べさせてくれるッピ……？」

「うっ、うーん……。きちんと火を通して食べるなら、許可しないこともないけど……。あ、畑のミミズは勝手に食べるなって、鳥獣人のみんなに伝えておいてくれよ。ラブと沃土が欲しいから、ミミズ肉を食べるなら絶対に牧場魔法で解体した後だ」

俺の言葉にピーナはコクコクと何度も頷いて、それから鼻歌を口遊《くちずさ》むほど上機嫌になった。

こうして、俺たちはミミズ肉を釣り針に付け、意気揚々と魚釣りを始める。

ロープは投げ縄の名手であるルゥに投げて貰い、きちんと沖までミミズ肉を飛ばし——本当に一瞬で、魚が食い付いた。

凄まじい食い付きに、釣り竿を持つ俺の身体が引っ張られたので、みんなが慌てて支えてくれる。

ただ、身体が引っ張られたのは僅か数秒のことで、それからすぐに獲物は眠って大人しくなった。

ロープを手繰《たぐ》り寄せて獲物を引き揚げてみると、それは身体に黄色い星模様が入っている大きな鯛だった。体長は一メートル弱もあるので、睡魔の釣り針がなければ釣り上げるのは難しかっただろう。

ここで、アルティが突然騒ぎ始める。

「むっ、むむむっ!? こ、これは……っ、メデタイなのだ!! 主様っ、これはメデタイなのだぞ!!」

「ああ、目的の魚が釣れたんだから、確かに目出度《めでた》いな」

「いやいやいやっ、そうではなくて!! この魚の名前が『メデタイ』なのだッ!! この魚を仕留めた者には、近い内に必ず大きな幸運が訪れるのだぞ!!」

興奮気味なアルティの説明によると、メデタイという魚が齎してくれる幸運は不可逆的なもので、且つ絶対に回避することが出来ないらしい。

運という曖昧なものに干渉してくると思うと、非常に恐ろしい魚だが、悪いことは起きないそうなので、ここは俺が絞《し》めることにした。

牧場魔法で解体してみると、三枚に下ろされた鯛の切り身と、キラキラ輝く星の粒のようなものが入っている小瓶、そしてお目当てだった鍵が手に入る。その鍵は虹色だったので、途轍もないお宝と結びついている気がして、俺たちのテンションは一気に上がった。

「これは過去最大のお宝に巡り合える予感がするな……!! で、切り身と鍵はともかく、こっちの小瓶はなんだ？」

「しゃーなし、またウチが鑑定したるわ！ 今日の鑑定は全部タダやから、ほんま大盤振る舞いやで！　感謝してな――っと、この小瓶の中身は『一摘みの幸運』って名前のアイテムや。何かしらの確率が絡むときに使うと、必ず良い結果が出るようになるみたいやで」

ゼニスに鑑定して貰った結果、小瓶の中身は俺にとって重要そうなマジックアイテムだと判明した。

パッと思い付く活用方法は、因子を使って家畜を変異進化させるときに使うことだ。

希少な魔物の因子を使うときに併用するのが、最も賢い使い方だと思われるので、現時点では大切に保管しておくべきだろう。

ちなみに、鯛の切り身から因子を抽出することは出来なかったので、メデタイは魔物ではなかったらしい。

――俺はメデタイを解体した後、ペリカンに輸送されてきたシールドコッコーに命令して、ヤシの木の下に眠っている宝箱を発掘するべく、再び穴を掘って貰った。

司令官のモモコが後方で腕を組みながら、まるで自慢の息子でも見守っているかのような眼差しを彼に向けている。

そんなモモコの期待に応えるべく、シールドコッコーはペースを上げて穴を掘り進め――そうして発掘された宝箱は、鍵と同じく七色の光彩を放っていた。

未だ嘗てない豪華な宝箱を前に、俺たちは息を呑んでから感嘆の声を上げる。

「おおー……！　こんなに神々しい宝箱、初めて見たな……」

「これは期待が持てるわね……!!　早速だけど、シールドコッコーに開けて貰いましょう！」

モモコはそう言って、シールドコッコーに宝箱を開けさせようとしたが、俺はこれに待ったを掛ける。

「いや、待ってくれ。折角だから、メデタイの恩恵はここで使いたい」

メデタイを仕留めた今の俺は、不可逆の幸運を授かっている状態なので、今回ばかりは俺の手で宝箱を開けたかった。幸運が約束されているのだから、罠に関しては気にしなくてもいいはずだ。

「アルス様、本当に大丈夫なんですの……？　何もこんなところで、リスクを負わずとも……」

「大丈夫だ。今の俺に必ず幸運が訪れるってことは、幸運が訪れるまで死ぬこともないだろ」

化物ミミズを見て卒倒していたルビーは、既に意識を取り戻しており、俺を心配して引き留めようとした。だが、何を言われても俺の意思は変わらない。

自分に不可逆の幸運が味方していることも安心材料の一つだが、『金色の宝箱から出た地図を頼りに小島を探して、メデタイを釣り上げて鍵を入手する』という、手間の掛かる一連のイベントが間に挟まっていたので、そのご褒美の宝箱に罠はないだろうと、そんなセオリーを意識した安心材料もある。

――そして、俺が実際に宝箱を開けてみると、やはり罠はなかった。

十中八九、九割《きゅうわり》九分《くぶ》九厘《くりん》は大丈夫だと思っていたが、カパッと開ける瞬間に少しだけ緊張してしまった。

「ふぅ……。さて、これは一体なんだ……？」

一安心した俺は宝箱の中身を取り出して、みんなの前に持っていく。

それは、金細工と宝石の装飾が施されている一冊の分厚い本だった。表紙には『ウッキーでも分かる錬金術《れんきんじゅつ》』というタイトルが書かれている。ちなみに、ウッキーとは猿のような動物のことだ。

何だか肩の力が抜けるタイトルなので、微妙な代物かもしれない……。と、俺がそう思った矢先、この本を指差したモモコが驚愕しながら叫ぶ。

「で、出たーーーっ!!　それは伝説の『ウッキーでも分かる○○』シリーズよ!!　アルスっ、凄いものを手に入れたわね!!」

「解説のモモコさんが帰ってきたか……。それじゃ、この本について教えてくれ」

「それはねっ、一度読むと天職が増える伝説級のマジックアイテムよ!!　大昔に、魔族が人間に大攻勢を仕掛けた理由が、『ウッキーでも分かる中級魔法』っていう本を人間側が持っていたことなの！　大戦の理由にも繋がる途轍もない代物だわ!!」

モモコが言うには、件の本によって大昔の人間は誰もが、神様から授かった天職の他に、魔法使いの天職を得ることが出来たらしい。

そんな状況に慌てたのが、当時から人間との抗争を繰り返していた魔族だった。

全ての人間が中級魔法を使えるなんて、明らかに種族間のパワーバランスが崩れてしまう。魔族は己《おの》が種の存亡の危機だと察して、件の本を強奪するか焼却するべく、人間種に大攻勢を仕掛けたのだ。

これが、勇者イデアと愉快な仲間たちが活躍した人魔大戦に繋がっている。

最終的に、件の本は魔族の手によって燃やされたが、この大戦で魔族の指導者である魔王は討伐されて、魔族は大敗を喫し、種族全体が『魔界』と呼ばれる場所に閉じ込められることになった。

俺が王城で歴史の授業を受けたときは、『大昔の人間は大変優秀で、神様に愛されており、誰もが例外なく中級魔法を使えた』という話を聞かされたが、『ウッキーでも分かる中級魔法』なんて本の話は一度も聞いたことがない。

神様に愛されている人間に、魔族が嫉妬して戦争を仕掛けてきた。

そして、魔族は人間に敗れながらも呪いを残したことで、万人が中級魔法を使える時代は終わりを迎えた――と、それが後世に伝わっている昔話だ。

そんな昔話の裏側に、まさか『ウッキーでも分かる○○』シリーズという、ふざけた名前のマジックアイテムが存在していたなんて、俺は全く予想していなかった。

歴史の大スペクタクルが、一気にコメディ調になった気がする。

「ルビーは今の話、聞いたことあったか？　天職が増えるマジックアイテムなんて、王族の俺でも聞いたことがなかったんだけど」

「いいえ、わたくしも存じ上げませんでしたわ……。無骨な女だと思われないよう、教養は磨いてきたつもりですのに……」

俺と同じく、イデア王国の上流階級で生まれたルビーでも、教えられていないらしい。

俺たちが知らない話をモモコが知っている理由。それが気になって本人に直接尋ねてみると、モモコはあっさりと答えてくれた。

「狼獣人の集落に、羊獣人の物知りお婆ちゃんがいたのよ。あたしの知識は、全部そのお婆ちゃんに教えて貰ったの」

「あー、これはあれやな。国内の情報統制は出来ても、大草原で暮らしとる獣人たちにまでは、手が回らなかったパターンや」

ゼニスの推測を聞いて、俺たちは納得の表情を浮かべる。

遠方であるが故に、歴史の改竄《かいざん》が出来ないまま、一部の獣人たちの間でだけは真実が言い伝えられてきたのだろう。

過去の人間が歴史の改竄をしようと思った理由は、分からないけど……まあ、俺が思うに、本の名前が酷いからかな。

『ウッキーでも分かる〇〇シリーズのおかげで、みんな中級魔法が使えました！』と喧伝するよりは、『神様に愛されていたおかげ』と言った方が、後世の人々に見栄が張れる。

ちょっと馬鹿なのかな、と思わなくもない理由だが、歴史を作ったのは他でもない勇者イデアだ。

ご先祖様のことを悪く言いたくはないが、この人物に関しては不自然なほど美談しか残っていないので、相当な見栄っ張りだったはず……。

「――まあ、歴史なんてもう過ぎたことだし、深く考える必要はないか」

とりあえず、天職が増えて困ることはないので、俺はウッキーでも分かる錬金術の本を適当に開いてみた。

すると、頁《ページ》に書き込まれていた数多の象形《しょうけい》文字が目の奥に飛び込んできて、一瞬だけ意識が飛ぶ。

「……アルス、ふらふらしてる。……平気？」

「あ、ああ、少し立《た》ち眩《くら》みが……ん？　お、おおおっ!!　これが錬金術師になったってことなのか……!?」

ルゥに支えられて、すぐに意識を取り戻した俺は、視界のあちこちに浮かぶ無数の数式に気が付いた。

海の水、浜辺の砂、ヤシの木、生きた人、ペリカンにシールドコッコーまで、万物には幾つもの数字が割り振られており、構造が複雑なものほど長々とした数式を宿している。

恐らくだが、この数式は錬金術を行う際のヒントになるのだろう。視界の中の数式が鬱陶しいと思ったら、意識的に見えないようにも出来た。

「何だか面白そうなのだ！　主様っ、我にも読ませてたも！」

「あっ、ズルいッピ！　ボクも読んでみたいッピよ！」

アルティとピーナが我先にと、俺の手元にある本を覗き込んでくる。別に減るものではないので、幾らでも読むといい。

——この後、結局全員が錬金術師になって、新しい何かが始まる予感をひしひしと感じながら、今日のところは牧場へ帰ることになった。

18話　ピーナの天職と錬金術

——海水浴が終わった次の日。

今日の空も日差しが鬱陶しいくらい燦々《さんさん》としている晴れ模様で、気温が安定している牧場内から外の様子を窺うと、熱された不毛の大地全体が陽炎に包まれていた。日陰もなければ水の一滴すら見当たらないそこは、控え目に言っても地獄《じごく》である。

ルビーとゼニスは休暇が終わり、朝一番に牧場から去っていった。

大商人であるはずのゼニスが、『ウッキーでも分かる錬金術の本を買い取りたい！』と最後まで言い出さなかったので、俺は交渉すらしないのかと訝しげに尋ねたが、ゼニスは買い取る方法が思い付かないと苦笑いしていた。

予定通り、俺はゼニスに船の設計図を売っており、ゼニスからは全自動胡桃割り人形のクルミさんを買い取っている。

他にも幾つかの取引を行ったが、特筆すべき点は鑑定用の眼鏡を購入したことだろう。前々から自分用のものが欲しいと思っていたので、少々お高かったが買ってしまった。

クルミさんは折角なので、俺たちが住んでいる方のゲルに飾ってある。眺めていると背中に付いているネジを無性に巻きたくなってしまうが、今日は重要なイベントがあるので、それはまた今度にしよう。

「よし、みんな集まっているな。今日は何の日か、分かるか？」

午前中に一通りの仕事を終わらせた後、俺はゲルに集まっているモモコ、ルゥ、ピーナ、アルティというものの四人に、やや畏《かしこ》まった態度でそう問い掛けた。

「……ルゥ、分かった。また記念日」

ルゥはそう断定したが、確実に自分の願望が混ざっている。というか、多分自分の願望しか頭の中にない。……しかし、正解と言えば正解なので、俺は深々と頷いて見せる。

「そう、また記念日だ。それで、何の記念日だと思う？」

昨晩は造船記念日で唐揚げパーティーを開いたので、まさかの二日連続の記念日だ。

これは一大事だと言わんばかりに、ルゥは千切れそうな勢いで尻尾をブンブン振ってしまう。

「やっぱり昨日の今日なんだし、みんなが錬金術を使えるようになった記念日かしら？」

「我はお宝ゲット記念日だと思うたぞ！　昨日は激アツな一日であったが、お宝を手に入れた瞬間が一番アチチだったのだ！」

モモコとアルティも自分の予想を口にしたが、どちらも不正解だ。

今日はピーナに関する記念日なので、俺は当人に目を向けてみたが、こちらも分かっていないらしい。

「ボクにはよく分からないッピよ。でもっ、昨日のミミズ肉はとっても美味しかったッピ！　今日も記念日なら、また食べられるッピ⁉」

ミミズの成長の早さはかなりのものだが、五十センチという大きさになるまでは時間が掛かる。

そのため、ミミズ肉は記念日限定の肉ということにしておいた。

ピーナは昨晩、そんなミミズ肉の串焼きを食べて、一口で虜《とりこ》になってしまったので、今日も食べられるとなれば大喜びだ。

ちなみに、俺はミミズ肉を他の肉と一緒に焼きたくなかったので、専用の鉄板を使い始めている。ミミズ肉を調理すると、確実に俺の正気度が下がるので、出来るだけ調理したくはないのだが……今日ばかりはピーナにとっての記念日なので、俺はミミズ肉でも唐揚げを作るつもりだ。

「誰も分からないみたいだし、正解を教えよう。今日はなんと――ピーナが天職を授かる日だ!!」

俺の言葉にみんながハッとなって、それから一斉に歓声を上げた。

「もうすぐだって聞いていたけど、遂に今日がその日なのね!? ピーナっ、良かったじゃない! おめでとう!!」

「……ピーナ、おめでと。今日、ルゥの唐揚げ、一個……の、半分……の、半分、あげる」

モモコは喜色満面になりながらピーナを抱き締めて、ルゥは今夜の唐揚げを一個……の、半分の半分もプレゼントすると決断していた。肩をプルプルと震わせて、目尻に涙を溜めているので、かなり無理をして決断したらしい。

あのルゥが、一部とはいえ唐揚げを譲るなんて、天変地異《てんぺんちい》の前触れであっても不思議ではない。

モモコとルゥに続き、アルティも素直に祝いの言葉を送って、それからピーナの天職を尋ねる。

「ピーナっ、おめでとうなのだぞ！　それで、どんな天職を授かったのだ!?」

「ピー！　みんな、ありがとうッピ！　天職はまだ分からないッピよ。でも……っ、ボク！　何だか急に、全身に力が漲ってきた気がするッピ‼」

ピーナは自分の翼を暫《しば》し見つめた後、ぎゅっと先っぽを握り締めて立ち上がった。

俺は第九の牧場魔法でピーナを調べたが――天職を授かるまで、後一時間ほど時間がある。力が漲っているのは、プラシーボ効果だ。

……まあ、水を差すのも無粋なので、きっと凄まじい天職を授かる前触れなのだと思っておこう。


こうして、みんなでソワソワしながら一時間が経過した後、俺がピーナを調べてみると、無事に天職を授かっていることが確認出来た。

「ピーナの天職は……っ、え、これって……」

その天職は、【自由と運命の女神】――女神と言えば、生殖と豊穣の女神ギャルルディーテを思い出す。

まさか、ピーナもあれと同じ存在になったということだろうか？

女神というのは高次元の存在か何かだと思っていたが、天職の一つだったとは驚きだ。

何にしても、決して悪い天職ではないはずなので、俺はみんなにピーナが授かった天職を発表した。

そして、ピーナは自分の天職を自覚した途端、『自由』と『運命』の二種類の加護を他者に授けられるようになる。

自由の加護は『空を飛びたい！』と思ったときに、身体を軽くしてくれる効果があって、運命の加護は少しだけ運気が上がるらしい。

どちらも授かって損はない加護なので、全員が有難く頂戴《ちょうだい》しておいた。

俺は自由の加護を授かった瞬間に、第十三の牧場魔法を使えるようになったが、今のところ使い道がない魔法だったので、詳細は割愛《かつあい》しておく。

「ピー……。ボク、戦士になりたかったッピ……。女神なんて、柄《がら》じゃないッピよ……」

「元気出しなさいよ、ピーナ。成長すれば、戦えるようになるかもしれないでしょ？」

戦士に憧れていたピーナは落ち込んでいるが、モモコの慰めによって少しだけ前向きになる。

時として、自由とは戦って勝ち取らなければならないものなので、実際にピーナが戦えるようになる可能性は0《ゼロ》ではない。

「一応、品種改良で天職の変更は出来る。でも、女神なんてレアな天職を引き当てたんだから、変えるのは勿体ないな。ピーナには是非とも、女神を極めて貰いたい」

「どうやって極めればいいのか、分からないッピ……。けど、アルスがそう言うなら、頑張ってみるッピよ！　……あ、でも、錬金術師の方を戦士に変えられたり、しないッピ？」

「え……？　いやいや、そんなこと出来る訳が――」

ない。と思ったが、試しにコケッコーのラブ十個で、ピーナの【錬金術師】という天職の変更を試みる。

すると、酷くあっさりと【戦士】に変更出来た。

まさか……と思いつつも、俺はもう一度、ピーナにウッキーでも分かる錬金術の本を読ませた。

その結果、ピーナには三つ目の天職として、【錬金術師】が追加される。

俺はごくりと固唾《かたず》を呑んで、再び品種改良を施し、今度はピーナの三つ目の天職を【弓使い】に変更してみる――と、これも成功だ。

更にもう一度、ピーナにウッキーでも分かる錬金術の本を読ませると、ピーナには四つ目の天職として【錬金術師】が追加された。

……………いやこれ、裏技だろ。

俺は牧場魔法による品種改良と、ウッキーでも分かる錬金術の本を使って、とんでもない裏技を発見した。

しかし、強力な天職に変更するにはラブが沢山必要なので、しばらくは忘れることにする。

ピーナには【戦士】【弓使い】【魔法使い】の三つの天職を与えておいたので、当面はその三つを極めて貰いたい。

そして、魔改造と言っても差し支えないピーナの品種改良が終わった後、俺たちはいよいよ錬金術に手を出すことになった。

「――ねぇ、アルスは錬金術の使い方なんて、知っているの？　言っておくけど、あたしは知らないわよ？」

「そうか、解説のモモコさんはもう帰ったのか……。俺も知らないし、困ったな。アルティは何か知らないか？」

俺はてっきり、モモコが使い方を知っているものだと思っていたので、当てが外れてしまった。ルゥとピーナが知る訳ないし、こうなると頼れるのはアルティだけだ。

「うーむ……。随分と昔に一度だけ、見た覚えが……確かこう、鍋に水と素材を入れて、ぐるぐると掻き混ぜておったかも……」

「鍋か……。錬金術には食べ物以外の素材も使うだろうし、調理器具は使いたくないな……。よし、金盥で代用しよう。行くぞ、アルティ」

俺は早速、懐から取り出した罰ゲーム付きビーチボールをアルティの足元に投げて、人数分の金盥を確保した。

落ちてくる金盥のキャッチなら、既に俺でもお手の物だ。無論、キャッチ出来る金盥の大きさには限度がある。

「あ、主様……？　何でしれっと、我に投げたの……？」

「アルティのことを頼もしく思っているからだ。恥ずかしいから、態々《わざわざ》言わせるなよ」

アルティは俺の突然の凶行に慄いたが、頼られていると分かった途端に、パッと花が咲いたような笑みを浮かべた。

……まあ、本当は一番良心の呵責《かしゃく》に苛まれない相手として、アルティを選んだ訳だが、これは言わぬが花だろう。

俺たちは早速、用意した思い思いの素材を金盥に入れて、水を注いでいく。

俺はヒーリングカジキの回復薬を二本入れて、効果を高められないかの実験だ。

木の棒を使って無心で掻き混ぜていると、魔力が極僅かに吸い取られる感覚があって、金盥の中の水が一瞬だけピカッと光った。

すると、水が消えて、二本入れたはずの回復薬が一本になっている。

元々、ヒーリングカジキの回復薬は注射器に入った無色透明な液体で、今回一本だけ残った注射器にも、同じ色の液体が入っている。

見た目だけでは成否が分からないので、ゼニスに売って貰った眼鏡を掛けて鑑定してみると、回復効果が一割増しになっていると判明した。

「なるほど、これは謂わば『回復薬＋1』って感じか……」

思ったよりも小さな変化で、これに通常の回復薬二本分の価値があるのかは、正直微妙なところだ。

けど、『同じものを二つ混ぜ合わせれば、品質の向上に繋がる』ということは分かった。

ここで俺は、隣で作業しているモモコとルゥの様子を確かめる。

モモコは自分のお乳が入った瓶と牧草と水を金盥に入れており、ルゥは干し肉と野菜と塩と水を入れていた。

二人とも魔力量の問題か、俺よりも掻き混ぜる時間が長かったものの、無事にピカッと水が光る。

そして、モモコの方は緑色が混ざった牧草風味の牛乳が完成しており、ルゥの方は普通のスープが完成していた。

「成功だわ！　アルスっ、飲んでみて！　あたしのお乳がまた一段と美味しくなったわよ！」

「いや、それは牧草を食べる奴専用の牛乳だろ……。俺は遠慮しておく」

俺がモモコに、牧草風味の牛乳を押し付けられそうになっている横で、神妙な顔付きをしたルゥがスープの実食を行う。

「……スープ、普通。……でも、美味なもの」

「へぇ、火を使わずに料理が作れるのは便利だな。まあ、湯気が出ていないから、温かくはなさそうだけど」

次に気になるのは、ピーナとアルティの金盥だ。

二人とも何を素材にしようか悩んだ末に、手当たり次第に魔物の素材を入れて、挙句の果てには自分の髪の毛や羽根、それから鱗まで投入していた。

ちなみに、ドラゴンの鱗はアルティから幾らでも貰えるのだが、この鱗から因子を抽出することは出来ない。因子はあくまでも、牧場魔法で解体したものからしか抽出出来ないのだ。

「それじゃあ、混ぜ混ぜするッピ！　これは凄いものになる予感がするッピよ……!!」

「我の方が沢山素材を入れたから、ピーナよりも凄いものが作れるはずなのだ……!!　しかも素材の中には、ドラゴンである我の鱗まで入れたのだぞ!!　これはもう、伝説の剣が出来ても不思議ではないかも！」

「ボクだって自分の羽根を入れたッピ！　ボクは女神になったから、きっとアルティの鱗より凄い素材になっているッピよ！」

ピーナとアルティが競うように、せっせと金盥の中を掻き混ぜていると——ボンっと中身が軽く爆発して、二人の顔が煤《すす》だらけになった。

俺が後ろから、二人の金盥の中を覗いてみると、底が焦げ付いているだけで何も残っていない。

「なるほど、目的のない錬金は失敗して爆発するのか……。覚えておこう」

素材は無駄になったが、こういうパターンを早めに知ることが出来て良かった。

錬金術は素材の組み合わせが多岐にわたるので、今後もみんなの手を借りて色々と試していこう。失敗して爆発こそしたものの、ピーナもアルティも命に別状はなかったので、遊び感覚で取り組めるはずだ。

——俺は最後に、ミミズを解体した際に得た沃土と、牧場魔法で生やした緑肥になる牧草、それからコケッコーの内臓を使って錬金術を行った。

どれも植物の成長を助けてくれるものなので、相性がいい組み合わせだと思う。

そうして掻き混ぜた結果は、大成功だった。出来たものは沃土と大差ない見た目をしている真っ黒な土だが、その効果は飛躍的に高まっている。これは謂わば、『沃土＋10』だろう。

同じものを二つ混ぜ合わせるよりも、相乗効果を発揮するような別々の素材を混ぜ合わせた方が、より良いものを作れるらしい。

とりあえず、この土は量産して、牧場の畑と世界樹の果実を埋めた場所に撒いておこう。

19話　目覚め

——明朝。俺は澄《す》み切《き》った青空を見上げながら、まだ昇り始めたばかりの日の光に目を細めて、牧草の上で静かに寝転んでいた。

昨日はピーナの誕生日だったので、俺たちはいつもの面子《メンツ》に鳥獣人たちを交えて、夜に盛大なパーティーを行っていた。

お酒もないのに夜遅くまで騒いでいたので、みんなまだ寝ていて、今朝の牧場はとても静かだ。

こうして空を見上げていると、篝火《かがりび》に照らされた夜空の上で、鳥獣人の戦士たちが披露してくれた演武《えんぶ》を思い出す。

ピーナは女神としての加護を鳥獣人たちにも授けていたので、身軽になった彼らの空中演武はとても見応えがあった。

それと、俺が正気度を擦り減らしながら作ったミミズ肉の唐揚げは、ピーナを含め、鳥獣人たちに大好評だった。これなら毒が盛られていたとしても、山脈に棲むグリフォンだって確実に食い付く。と、そんな太鼓判《たいこばん》まで押して貰っている。

喜んで貰えたのは嬉しいが、パーティーのために結構な数のミミズを解体したので、しばらくは食べさせてやれない。

一応、ミミズ肉を確保する際に得たラブを使って、ミミズの繁殖力を向上させるよう品種改良を行ったので、次の何らかの記念日までには増えていることを期待しよう。

「……アルス、おはよ。……ルゥも、起きた」

俺が昨日の出来事を振り返りながら、のんびりと過ごしていると、起床したばかりのルゥがゲルから出てきて、俺の隣に寄り添うように寝転がった。

「ああ、おはよう。みんなまだ寝ているから、特にやることもないし、一緒に畑の様子でも見に行くか？」

「……ん、そうする。でも、もう少し、このまま」

二度寝をするほどの眠気は感じていないが、それでも横になって目を瞑りたい。そんな気分のルゥに付き合って、俺は何をするでもなく青空を眺め続けた。

心地のいい風と緑のにおいに包まれて、穏やかな時間の流れに身を委ねていると、平穏を全身で享受していると実感出来る。

――しばらくしてから、ルゥは徐に立ち上がって、俺の手を軽く引いた。そろそろ畑に行こうということなのだろう。

こうして、俺たちが肩を並べながら畑へ向かうと、そこには驚きの光景が広がっていた。

「な、なんだこれ……!?　どうしてこうなった……!?」

目の前には、五十センチから一メートル近くまで育った巨大な作物が、そこら中に転がっていた。

しかも、その中には収穫して種を植え直したばかりの作物まで交じっている。

困ったな……。葉も蔦《つた》も茎《くき》も相応の大きさになっているので、俺たちの畑は最早、『魔境《まきょう》』と言っても過言ではない混沌とした有様だ。

まだまだ収穫に時間が掛かるだろうと思っていた果樹の苗木も、通常では考えられないほど立派に成長して、大きな果物を実らせている。

一夜にしてこの状況……。思い当たる節と言えば、やはり沃土と緑の手だが、流石にこれほどの急成長は想定の範疇を超えていた。

「……アルス。これ、美味なもの？　ルゥ、食べてみたい」

ルゥが早速、直径五十センチほどの林檎《りんご》をもぎ取って、涎を垂らしながら瞳を輝かせた。

真っ赤な林檎は瑞々《みずみず》しくて艶《つや》があり、皮に包まれている状態でも非常に香り高い。俺よりも鼻が利くルゥなら、これは辛抱堪《しんぼうたま》らないだろう。

「食べてもいいけど、無理して全部食べようとするなよ。流石にこれだけ大きいなら、残してもいいからな」

食べ物は残さずに食べる。それが俺たちの基本ルールだが、直径五十センチの林檎は如何ともし難い。

「……平気。全部、食べる。……アルスも、一緒に食べる？」

「いや、今は必要ない。それより、世界樹の果実を埋めた場所が気になるから、そっちを見に行こう」

もしかしたら、あっちにも何かしらの変化があるかもしれない。

まあ、世界樹が生えなくても、大量の木材なら果樹を切り倒せば確保出来るようになったので、何の変化がなくても困らないが。

俺が歩き出すと、ルゥも林檎を齧りながら付いてくる。

ちらりと横目でルゥの様子を窺うと、林檎の果肉を口いっぱいに詰め込み、溢れ出る果汁で顔と服をベタベタにしながら、幸せそうに尻尾を振っていた。

畑は大変なことになったが、ルゥの様子を見ていると肩の力が抜けてしまう。そして、程良く脱力しながら考えてみると、食べ物が多い分には別に困らないな……と、そう思った。

問題らしい問題と言えば、増え過ぎた食べ物を無駄にしないようにすることくらいだろう。


——俺たちが世界樹の果実を埋めた場所に到着すると、そこには何の変哲もない若木が、ぽつんと一本だけ生えていた。

そして、見覚えのあるギャルが一人、若木の傍《かたわ》らで静かに佇んでいる。

「……アルス。あれ、ルゥの美味なもの、盗った奴」

ルゥの言う通り、あれは生殖と豊穣の女神、ギャルルディーテで間違いない。

以前にナスとキュウリを盗まれたので、ルゥはまだそのことを根に持っている。

「あのギャル、また来たのか……。というか、あの若木って、もしかして世界樹か？」

この辺りに埋めたのは世界樹の果実だけなので、他の木ということはないはずだが、その割には何の変哲もない若木に見える。

俺が訝しげに目を細めたところで、ギャルが俺たちの存在に気付いた。

「あっ！　二人ともおひさーっ！　あのさ、あのさっ、あーし感動しちゃったし！　二人とも、まさか新しい世界樹を生やしちゃうなんて、びっくり仰天っしょ！」

久しぶりと言うほど、前に会ってから時間は経っていないが……何にしても、あの若木が世界樹であることは間違いないようだ。

ギャルは世界樹をぺしぺし叩きながら、にんまりと笑って俺たちを褒め称えた。

俺は大量の木材が欲しくて、世界樹が生えたらいいなと思っていたが、ギャルの喜びようを見るに、世界樹とは単なる大きな木ではないのかもしれない。

「よく分からないけど、世界樹が育つと何かいいことがあるのか？」

俺の問いに、ギャルは首を激しく縦に振った。

「あるあるっ！　めっちゃあるし!!　なんとなんとっ、世界樹は魔素を吸収してくれる凄いやつ!!　つまり、周辺から魔物が減るワケっしょ!!　これ、常識だかんね!!」

「なるほど……。それ、俺は助かるけど、大草原に住んでいる獣人たちが困りそうだな。魔物が減るってことは、食べ物が減るってことだから」

あんまり喜んでいない様子の俺を見て、ギャルは馬鹿っぽい惚《とぼ》け顔で小首を傾げる。

「ほえ？　魔物が減ったら、キミみたいに畑を耕したり、家畜を育てたりすればいいっしょ？　生殖と豊穣を司る女神としては、それを大いに推奨するし！」

俺には牧場魔法があるから何とかなっているが、農業も畜産業もそんなに簡単ではない。

ずっと狩猟民族として暮らしてきた獣人たちが、農業と畜産業を中心にした生活に順応するには、それなりの時間を要するはずだ。

……こうなると、世界樹はさっさと伐採《ばっさい》してしまうのが正解な気がしてきた。

そんな風に俺が考えていると、ギャルは『それに――』と前置きして、とんでもない爆弾を投下してくる。

「そろそろ、復活した魔王が力を取り戻すし。そうなると世界中の魔物が活性化するから、数を減らさないとまずいっしょ」

……………魔王、いるのかよ。

当然のように衝撃を受けた俺だが、この話を一緒に聞いていたルゥは、それがどうしたと言わんばかりに大きな林檎に齧り付いている。

まあ、よくよく考えてみると、そういうスケールが大きい問題には、国家とか勇者が対処すればいい話で、一介の牧場主である俺や、生活を共にしている仲間たちにとっては、気にしても仕方がない問題なのかな。

「それじゃ、あーしは帰るし！　世界樹は大切に育てるといいっしょ！　バイバーイ‼」

ギャルは言いたいことだけ言って、俺たちの前から姿を消した。

とりあえず、魔王が力を取り戻したことで魔物が活性化するらしく、世界樹は魔素を吸収してそんな魔物の出現を抑制してくれるという話なので、この若木は大切に育てよう。

「ルゥ、俺たちも帰って朝食にしよう。……あ、でも林檎を食べたし、もうお腹いっぱいか？」

俺がルゥの腹具合を気遣うと、いつの間にか林檎を食べ終わっていた彼女は、自分のお腹を突き出して無問題だとアピールする。

「……大丈夫。お肉、別腹だから、いっぱい食べる」

食欲旺盛で、大変結構。

こうして俺たちが、住居として使っているゲルの前まで戻ると、何やら中が騒がしくなっていた。

「――――う、動いたッピ！　この人形っ、動いたッピよ⁉」

「動いたどころか喋ったわよ⁉　人形って喋るものだったの⁉」

「ううむ……。これはゴーレムであろうか……？　それにしては精巧《せいこう》過ぎるような……」

最初の驚愕しているような声がピーナのもので、次がモモコ。最後に唸っていたのはアルティだ。

俺とルゥは顔を見合わせて小首を傾げ、それからゲルの中に入った。すると、聞き慣れない声が耳に届く。

「復唱。『全自動胡桃割り人形のクルミさん』こと、当機体が起動しました。皆様、おはようございます。早速ですが、当機体のラジオ体操機能をオンに致しますか？」

抑揚《よくよう》のない声で喋った何者かに目を向けると、そこにいたのはゼニスから買い取った一体の人形――クルミさんだった。

「アルスっ、ボクがネジを巻いたら動き出したッピ！　勝手に触ってごめんなさいだッピよ！」

「いや、俺もそのうち巻いてみようと思っていたから、それは別にいいんだけど……なんか、本当に人間と遜色ないくらい、流暢《りゅうちょう》に喋ったな。この人形」

ピーナが好奇心に駆られてネジを巻いたらしいが、危険なものではないとゼニスから聞いていたので、その点は問題ない。

それよりも、これほど人間らしく喋れる人形だとは聞いていなかったので、俺は思わず無遠慮な目でクルミさんを見つめてしまった。

すると、俺と目が合ったクルミさんは、数秒間フリーズした後――パチパチと目を瞬かせて、淡々とした口調で中々にぶっ飛んだことを言い始める。

「驚愕。勇者イデア、ご無沙汰しております。以前にお見かけした時より、髪が二十四センチも短くなっていますね。当機体に登録されている情報によりますと、『女性が髪をバッサリと切るのは失恋したとき』――だそうです。そして、このような場合、失恋女に掛けるべき言葉は『ドンマイ』だとも登録されております。ドンマイ、勇者イデア」

「待て、色々待て。俺は失恋してないし、女性じゃないし、そもそも勇者イデアじゃない。俺の名前はアルスで、性別は男だ」

俺が訂正を入れると、クルミさんは再び数秒間フリーズして――それから、再起動と同時に近付いてきたかと思うと、俺の胸をペタペタと触り始めた。

「報告。確かに女性らしい胸部の脂肪が確認出来ません。……しかし、勇者イデアの胸部も平らだったと、当機体は記録しております。これは追加の確認が必要であると断定。実行します」

「いや、これ以上何を確認することが――」

クルミさんは音もなくスッと膝を折り曲げて屈むと、一切の淀《よど》みと躊躇いがない動作で俺のズボンを脱がせた。

そして、外気に晒された俺の象さんを凝視した後、無表情ながらも満足げに頷き、音もなくスッと立ち上がる。

「報告。貴方が立派な（？）男性であると確認が取れました。勘違いをしてしまった非礼、動力炉の底からお詫び申し上げます」

「おい、『立派な』と『男性』の間に疑問符を挟むなよ。勘違いよりもそっちの方が非礼だよ」

「今後、二度と間違わないよう、当機体のデータベースに貴方とのやり取りを記録しておきました。安心安全の永久保存です」

「……まさかとは思うけど、俺の象さんまで記録した訳じゃないだろうな？」

俺は真顔でズボンを穿《は》き直し、クルミさんにジトっとした目を向けて詰問した。

クルミさんは平然と首を縦に振って肯定すると、何もない宙に視線を向けて、物理的に目を光らせる。

「回答。視覚情報に限った再現度であれば、百パーセントであると自負しております」

俺は無性に嫌な予感がして、クルミさんを制止しようとしたが——間に合わず、次の瞬間には俺の象さんが、立体映像として宙に投影された。

これを見たモモコたちが、何故か「「おおー」」と感嘆の声を上げる。

「クルミさん……いや、クルミ。お前、やりたい放題だな」

こんなふざけた奴に敬称を付ける必要はない。

そう判断した俺はクルミを呼び捨てにして、それから『データを消せ』と強い口調で命令した。

20話　クルミ

「却下。データベースに記録ないしは登録されている情報を消去するには、当機体の所有者権限が必要になります」

　クルミはあくまでも人形なので、俺の命令を素直に聞き入れると思ったが、素気なく断られてしまった。

　ゼニスからクルミを買い取ったのは俺なので、所有者は間違いなく俺なのだが……。

　ここで、クルミの現在の所有者を彼女自身に聞いてみたところ、返ってきた答えは『宇宙開闢級の美少女・伝説の勇者イデアちゃん』だった。

「……一応聞いておくけど、ふざけている訳じゃないんだよな？」

「回答。当機体は至って真面目です。しかし、現在の所有者である勇者イデアが、所有者権限の登録時に真面目であったという保証は何処にもありません」

　先程から、歴史上の偉人である勇者の名前がポンポン出てくることに、俺以外の面々は驚いている。

俺はゼニスから、勇者イデアがクルミを製作したという話を既に聞いているので、それほど驚いてはいない。

「あ、あの……我、ちょっと気になったのだが……記録と登録は、どう違うのだ……？」

人形が相手でも人見知りを発動させているアルティが、モモコの後ろに隠れながらおずおずと手を挙げて、一つ気になったことをクルミに尋ねた。

俺としては、記録と登録なんて些細な言い方の違いはどうでも良かったが、遮る理由もないのでクルミの説明に耳を傾けておく。

「回答。記録とは当機体が自発的に行うことで、登録とは当機体が所有者に命令されて行うことです。どちらもデータベースに情報を保存するという意味では、同じだと言えるでしょう」

クルミのような、人間と遜色ない人形を作れる勇者イデア。そんな彼女が登録した情報には、もしかしたら途方もない価値があるかもしれない。

それを自由に閲覧《えつらん》するためにも、何より俺の象さんの映像を消去するためにも、所有者権限は俺が貰っておきたいところだ。

そう思った矢先、モモコが俺の気持ちを察したのか、クルミに対して重要なことを尋ねる。

「ねぇ、クルミ。あんたの所有者って、変更は出来ないのかしら？　勇者イデアは大昔に亡くなっているし、ここにいるアルスを新しい所有者として認めて貰いたいんだけど」

「考慮。当機体が勇者イデアと最後に顔を合わせてから、既に五百年以上が経過しています。所有者権限の移行条件を参照――『五百年以上、当機体が所有者権限を持つ者と顔を合わせていない』――確認。『勇者イデアの子孫が当機体の所有者権限の移行を望んでいる』――不明。……回答。現在は所有者権限を移行する条件が整っていません」

「えっ、あれ？　アルスって勇者イデアの子孫よね……？　条件、整ってるんじゃないの？」

クルミが口にした所有者権限の移行条件、それを聞いたモモコがきょとんとしながら俺を見つめてくる。

「そのはずなんだけど……うーん……。あ、これは俺が直接、意思表示をすればいいのか？」

そう気が付いた俺は、コホンと一つ咳払いを挟んでから、クルミに所有者権限の移行を望んでいると伝えた。

だが、クルミはすんなりと許可を出してくれない。

「確認。貴方が勇者イデアの子孫であることを証明してください」

「ピー？　さっきアルスのこと、勇者イデアと間違えてたッピよ？　アルスと勇者イデアの顔が瓜《うり》二《ふた》つなら、それが証明になると思うッピ！」

ピーナが尤もなことを言って、俺たちはその通りだと同調した。

高性能っぽいクルミが見間違えるほどなのだから、俺と勇者イデアは嘸《さぞ》かし似ているのだろう。

「回答。他人の空似《そらに》という可能性を否定出来ません。血液を採取させていただければ、簡単に証明出来ますが、如何でしょうか？」

そう提案したクルミは、自らの爪を伸ばして形状を変化させ、鋭利な刃物にして見せた。

反射的に後退りすると、ルゥが俺を庇うように前に出てくる。

「……アルス、離れて。こいつ、すごく変」

「変って、どう変なんだ？　もしかして、クルミから敵意とか悪意を感じるのか？」

俺はルゥの直感に全幅《ぜんぷく》の信頼を寄せているので、まずはそれを頼った。

すると、ルゥはクルミを見据えながら、こてんと小首を傾げる。

「……何も、感じない。強いのか、弱いのか、それも分からない。……不気味」

クルミはルゥの直感を以てしても、何一つとして測れない存在らしい。

まあ、クルミは生物ではなく人形なので、その辺りが直感に引っ掛からない理由だろう。

いきなり刃物を出されてびっくりしたが、悪意があってのことではないはずなので、俺はルゥを下がらせて血液採取に応じることにした。

「採血は一滴だけで頼むぞ。俺は男気に溢れているように見えるだろうけど、血が出る系の痛みはかなり苦手なんだ」

俺は剣術の鍛錬をすることもあるが、王城で暮らしていた頃から周囲の人は俺に気を遣って、怪我をさせないよう注意を払ってくれていた。そのため、俺の心身は痛みに慣れていない。

「了解。血液は一滴で十分なので、それ以上は採らないとお約束致します。……そういえば、勇者イデアも、痛いのがとても苦手でした」

ずっと無表情だったクルミは、勇者イデアの話をしたときだけ、昔を懐かしむように目を細めた。

その姿が、何処か寂しそうに見えて……もしかしたら、人形のクルミにも、心というものがあるのかもしれないと、俺はそう感じた。

――何だか、哀れな奴だな。

ずっと昔に勇者イデアと別れてから、長年の間、王城の宝物庫に放置されて、ようやく誰かに必要とされたかと思ったら、今度は不良品扱いでお払い箱だ。そんな人生、哀れとしか言いようがない。

所有者権限を無事に移行出来たら、俺くらいは大切に扱ってやるのも吝かではない。

それが、勇者イデアの子孫としての役目なんじゃないかと、俺は柄にもなく、そんなことを考えてしまった。

「――痛っ、おい！　一滴じゃなくて三滴も出たぞ!?　舌の根の乾かぬうちに約束を破りやがって！」

俺の人差し指がクルミの爪によって浅く切られ、血が三滴分も滲み出した。やっぱりクルミは不良品かもしれない。

家畜ヒールは俺自身に使えないから、こういう『回復薬を使うほどじゃないけど普通に痛い傷』は、勘弁して欲しいのに……。

指先の切り傷をルゥがぺろぺろと舐めてくれる最中、クルミは悪びれた様子もなく、血液検査の結果を伝えてくる。

「報告。貴方は確かに、勇者イデアの子孫であると確認が取れました。これより所有者権限を移行しますが、本当に宜しいでしょうか？」

「ああ、構わない。お前の所有者権限は、この俺が貰う」

「了解。では、当機体の新たな所有者である貴方の名前を登録してください」

勇者イデアはふざけた登録名にしていたが、俺も例に倣《なら》う必要があるのだろうか……？

例えば、宇宙開闢級の美少年とか……いや、やめておこう。そんな登録名を使っていたと子孫に知られたら、流石に恥ずかし過ぎる。

「登録名は『アルス』だ。この三文字だけでいい」

フルネームは敢えて使わない。アルスという一個人が、今日からクルミと一緒に生きていく。

何だか、こうした方が、クルミの人生に強く責任を持てる気がした。

もう寂しさを感じることがないくらい、色々な思い出をデータベースに記録させてやろう。

……こんなこと、小っ恥ずかしくて口には出せないが、俺は確かに、この気持ちを胸に刻んでおいた。

――俺がクルミの所有者権限を得てから、数日が経過した。

クルミのデータベースには有益な情報が数多く保存されており、その中でも特に助かると思ったのが、料理のレシピや食材の加工方法についての情報だった。

遥か昔の情報なのに、現代よりも優れたレシピが存在するのは、勇者イデアが本物の天才だったのか、あるいは度が過ぎる食道楽《しょくどうらく》だったのか……。何にしても、情報の中には錬金術を用いた食材の加工方法まであったので、今日の午後はそれを試そうと思う。

ちなみに、クルミは食事を必要とせず、ネジを巻くだけで動けるので、『働かざる者食うべからず』の法則には当て嵌まらない。けど、牧場の一員として俺たちの仕事をサポートするように、しっかりと働いてくれている。

今朝も俺とモモコが野菜炒めを作ろうとしていたので、クルミは手早く野菜を切ってくれた。

ルゥとアルティが沢山食べるので、今までは食材を切り分ける作業に随分と苦労させられていたが、そんな苦労とはもう無縁だ。

今は常識的な大きさの野菜を使っているが、それらのストックがなくなったら、次は異常な成長を遂げた巨大野菜を使う必要があるので、クルミの働きは野菜を切り分けることだけでも十分だと思える。

「——主様っ！　大変なのだ！　ハッチーが、ハッチーが……っ、増えたのだぞ!!」

ジュエルハッチーの飼育区画の見回りに行っていたアルティが、大慌てでゲルに戻ってきたので、一体何事かと思ったが……とても嬉しい報告だった。

「無駄に間を作るなよ、ビビっちゃうだろ。とりあえず、様子でも見に行くか」

今日は快晴なので、絶好の散歩日和だ。俺は牧場内に限定した転移魔法を使えるが、火急の用がなければ横着せずに、歩くことにしている。

俺たちの牧場の畑は凄まじい豊作具合なので、朝昼晩とみんなの食事の量を増やした。これで運動する機会を減らすと、瞬く間に太ってしまいそうなので、細かなところで意識的に身体を動かさなければいけない。

贅肉《ぜいにく》とは豊かさの象徴なので、俺は太ることに否定的ではないが……しかし、有事の際に動きが緩慢になっていると困るので、体型は程々を維持しておきたい。

——と、そんなことを考えている間に、俺とアルティはハッチーの飼育区画に到着した。

「ほらっ、ほらっ！　ねっ!?　増えておるであろう!?　しかもよく見ると、三世帯も増えておるのだ!!」

アルティが声を弾ませながら指差す先には、俺が作ったハッチー用の巣箱が置いてある。

それは女王ハッチーを頂点にしたジュエルハッチーの家族が、十世帯も同居出来る大きな巣箱で、今は五世帯分のスペースが埋まっていた。

「前まで二世帯だったから、次は四世帯になると思ったんだけど……五世帯？　ああ、双子の女王ハッチーが生まれたのか……。これは嬉しいな」

俺は第九の牧場魔法を使って、双子の女王ハッチーが生まれていることを把握した。

「主様っ！　この快挙を成し遂げた我に、ご褒美をくれても良いのだぞ⁉」

「いや、成し遂げたって……。双子を生んだのはアルティじゃないし、そもそもお前、少し前まで見回りもせずにサボってたよな？」

「むっ、我はサボっていたのではなく、心の傷を癒しておったのだ……‼　そもそもあれは、主様が悪くて――」

俺たちの牧場で起こった魅了事件にて、アルティには心が折れるような苦難が降り掛かった。

その結果、彼女はしばらくの間、全ての仕事を放り出して、甘えん坊のぐーたら状態になっていたのだが……海から帰ってきて、二回ものパーティーを挟み、ようやく立ち直った。

……まあ、アルティがぐーたらしていた件に関しては、俺にも責任がある。だから、あんまり煩くは言えない。

ただ、過失割合はモモコが一番大きいということだけは、声を大にして主張しておく。

「ああ、分かった分かった。アルティの功績を認めて、この蜂蜜を進呈しよう」

俺は巣箱に取り付けられている畜産物の自動収集箱から、紫色の宝石のような蜂蜜が入っている小瓶を取り出して、恭《うやうや》しくアルティに差し出した。

これを受け取ったアルティは、満面の笑みを浮かべながら頭頂部のアホ毛を揺らして、巣箱の周りでスキップを始める。

「ふおおおおおおっ!! やっぱり主様は話が通じるから大好きなのだ!! この蜂蜜はまだ持ってない色だからっ、食べるのが惜しい! けど食べたいっ! 我は一体どうすれば良いのだ!?」

ジュエルハッチーの蜂蜜は色とりどりの宝石のように美しいので、ドラゴンらしく光り物が好きなアルティは、色違いの蜂蜜をコレクションしている。

……だが、甘いものも普通に大好物なので、少しずつ舐めてコレクションを減らし、最後にはしょんぼりとしてしまうのが、いつもの流れだ。

まあ、蜂蜜一つでこれほどテンションを上げられるのだから、生きているだけで幸せそうな奴だと、微笑ましく思える。

「質問。ジュエルハッチーの蜂蜜とは、どのような味なのでしょうか? 当機体のデータベースには存在しない情報です」

「うわっ、クルミ……!? いつの間にいたんだ……?」

突然、背後からクルミに声を掛けられて、俺の肩がビクっと跳ねた。

「回答。当機体はゲルを出た時から、マスターの後ろにいました。それよりも、マスター。新たな情報をデータベースに記録するために、当機体は蜂蜜の試食を行うべきだと進言致します」

クルミは何かを食べる必要がない。しかし、だからと言って食べられない訳ではなく、味覚もきちんと備わっている。

ちなみに、俺が所有者権限を得てから、クルミは俺のことを『マスター』と呼ぶようになった。俺としては、気軽に『アルス』と呼んでくれて構わないのだが、クルミ曰く、これは様式美だとか。

「なんだよ、クルミも蜂蜜を食べたくなったのか?」

「否定。当機体はあくまでも、データベースに情報を記録するために進言しております。決して我欲に駆られての発言ではありませんので、悪しからず」

「ふぅん……。まあ、別に構わないけどな。はい、どうぞ」

クルミの語気が僅かに荒くなったが、どんな理由であれ食べたいことに変わりはないのだろう。

クルミは自分の仕事をきちんと熟《こな》してくれるし、蜂蜜を食べる資格は十二分にある。

俺は懐から、自分用に取っておいた蜂蜜を取り出して、クルミに差し出した。

しかし、クルミは何故か蜂蜜を押し返してきて、逆に自分の懐から取り出したマイスプーンを俺に押し付けてくる。

「疑問。此処では蜂蜜を食べる際、『自分の頬を押さえながらマスターに食べさせて貰う』——というのが習慣になっていると、当機体は記録しております。どうして当機体には、習慣通りの扱いが為《な》されないのでしょうか？」

「それはあれだ、ルゥたちが勝手に作った習慣だな。美味しいものを食べたときに、『ほっぺたが落ちる』って慣用句を使うことがあるけど、あいつらは物理的に頬が落ちると思い込んでいるんだ。……クルミはそんな思い込み、しないだろ？」

クルミは動き出してから数日の間に、俺がルゥたちに蜂蜜を食べさせている場面を何度か目撃していたので、当然のように自分もそうやって蜂蜜を食べるものだと、思い込んでいたらしい。

だが、それは間違った認識だ。勘違いから始まった習慣なので、勘違いをしていない奴が態々《わざわざ》真似をする必要はない。

俺がそう説明すると、クルミは少しの間だけフリーズしてから、極僅かに眉を顰めた。本当に微細な変化だが、何処か不満げに見える。

ここで、今まで上機嫌にスキップしていたアルティが、俺のもとに戻ってきてクルミの心境をこっそりと教えてくれた。

「主様。きっとクルミも、主様に食べさせて貰いたいのだ……。仲間外れは、寂しいのだぞ」

「そ、そうなのか……？　そういうことなら、食べさせてやってもいいけど……」

俺がクルミから受け取ったスプーンで蜂蜜を掬《すく》って見せると、クルミは頭を振ってジトっとした目で俺を見つめてくる。

「否定。当機体の思考回路に、そのような惰弱《だじゃく》な考えは混在していません。しかし、マスターがどうしても、当機体に手ずから食べさせたいと仰るのであれば、それに従うことは吝かではありません」

「いや、俺が食べさせたい訳じゃ――」

「マスターが、どうしても、当機体に手ずから食べさせたいと仰るのであれば、それに従うことは吝かではありません」

ズイっとクルミが俺に顔を近付けて、圧を掛けてきた。

「……分かったよ。俺がどうしてもクルミに食べさせたいんだ。そういうことにすればいいんだろ？」

どうやら、クルミの頭の中には『理想の人形像』、あるいは『理想のメイド像』みたいなものがあって、そこから外れるような行為、あるいは思考を嫌う傾向にあるらしい。

俺の方から折れてやらないと、延々と面倒なやり取りを続ける羽目になりそうだ。

――こうして、ルゥたちと同じ習慣通りの方法で、初めて蜂蜜を食べたクルミは、じっくりと味わってから静かに口を開く。

「報告。これはとても素晴らしい甘味です。この味は『幸せの味』だと、当機体はデータベースに記録しました。この味が損なわれないよう、定期的に当機体が試食を行い、品質の維持が出来ているのか正確に把握しておく必要があるでしょう」

「つまり、また食べたいってことか」

「否定。当機体はあくまでも、蜂蜜の品質が低下してマスターが悲しい思いをしないよう、気を遣っているだけです。決して我欲に駆られての発言ではありませんので、悪《あ》しからず」

ジュエルハッチーも増えたし、クルミも働き者だし、定期的に蜂蜜を食べさせてやることは何の問題もない。

……けど、本当に面倒くさい奴だな。食べたいなら食べたいって、素直にそう言えよ。

21話　ウッシーとメル

――ジュエルハッチーが増えた日から数日後。

今日は朝から空がどんよりと曇っており、不毛の大地全体に耳障りな風が吹いていた。

その風の音を聞いていると、何だか良くない出来事が運ばれてくるのではないかと、不吉な考えが脳裏を過ってしまう。

俺は朝食をとった後、ベビーワイバーンのソルとルナに餌を与えてから、こんな日は気分転換に新しい食べ物でも作ろうと、クルミと一緒に作業に取り掛かった。

実はつい先日、クルミのデータベースにあった情報を参考にして、錬金術用の面白い道具を街の鍛冶職人に作って貰ったのだ。

それは、一風変わった銀の掻き混ぜ棒で、錬金術の際に右回りで鍋、もとい金盥の中を掻き混ぜると、中に入れたものの時間が進み、左回りで掻き混ぜると中に入れたものの時間が巻き戻るという、摩訶《まか》不思議な道具である。

この道具の名前は『時巡りの棒』——これを使って混ぜれば混ぜるほど、かなりの魔力を持っていかれるが、俺の魔力量は膨大なので然して問題にはならない。

「クルミ。錬金術で乳酸菌《にゅうさんきん》を作りたいから、必要な素材を金盥に入れてくれ」

俺は時巡りの棒を逆手に持って、水を入れた金盥の前に座る。

乳酸菌とは糖を利用して乳酸を作り出す微生物の総称で、比較的簡単に増える細菌だ。

……しかし、『細菌を繁殖させるには常温で放置する』程度の知識しかない俺が、独力で乳酸菌を作ろうとした場合、それ以外の雑菌が混ざりそうだと考えて、今までは二の足を踏んでいた。

その辺りの知識面の問題をクルミが解決してくれたので、やらない手はない。錬金術を使えば完成も早いし、今日の昼か夜にはみんなでヨーグルトを食べられるだろう。

「警告。時巡りの棒の完成度が低過ぎるので、マスターの魔力の消耗が激しくなると予想されます。この作業を行うべきではないでしょう」

「それは大丈夫だ。魔力だけなら有り余っているからな」

時巡りの棒には、ミスリルを使った『立体魔法陣』なる技術が使われているらしい。けど、ミスリルの純度が低過ぎて、失敗作と言っても過言ではない出来栄えだとか。

まあ、俺以外が使うのは危ないかもしれないが、俺が使う分には問題ないだろう。魔力量に関してだけは、もう慢心が許されるレベルに到達していると思う。

「……了解。では、これより当機体は渋々ながら、マスターの命令に従って作業の補助を行います。それと、乳酸菌を作りたいのであれば、まずは水を三十度まで加熱してください」

クルミの話によると、錬金術とは作業中に冷やしたり熱したり、その他にも様々な工程を加えることで、出来上がるものが変化するそうだ。

随分と奥が深そうなので、俺としては錬金術で行う仕事も、いずれ誰かに丸投げしたい。

「三十度だな、任せとけ。……あれ？　そういえば、クルミには相手の魔力を測る機能とか、付いてないのか？」

「回答。該当する機能は存在します。しかし、マスターの魔力量は『測定不能』という結果が表示されており、正確に把握することが出来ません」

「そ、そうか……。自分でも魔力が増え過ぎた実感はあるし、仕方ないかもな」

俺は前世の記憶を持つ転生者ということもあって、幼児期から魔力を鍛えることに熱心だった。そのため、天職を授かる前から、魔力量だけはかなりのもの。そこから更に、使える牧場魔法が一つ増える度に、倍々で魔力が増えていったという経緯がある。

十三もの牧場魔法を使えるようになった現段階では、俺自身が内包している魔力のイメージは『海』だ。

俺を気遣っていたクルミだが、やると決まれば仕事は早い。必要な素材を金盥に丸ごと入れたり、輪切りにして入れたり、皮だけを入れたりして、その後に俺が丹精《たんせい》を込めながら掻き混ぜていく。

そして、割と呆気なく乳酸菌が完成したところで——

「アルスっ！　大変よ！　ウッシーが、ウッシーが……っ、生まれそうなの!!　でもっ、身体が引っ掛かって出てこないのよ!!」

ウッシーの面倒を見に行っていたモモコが、大慌てでゲルに戻ってきた。何事かと思ったが……かなりまずい報告だ。

「おいっ、無駄に間を作るなよ！　急がないと駄目だろ!?　早く様子を見に行くぞ!!」

火急の用件なので、こういう場合は第十一の牧場魔法で転移する。

ウッシー用のゲルに到着して早々、俺たちの目には、鼻息を荒くしながら必死になって息んでいる雌のウッシーの姿が映った。

どうやら、出産を迎えていたのは二頭の雌だったようで、片方は既に無事、子供を産み終わっている。

問題は現在進行形で産みの苦しみを味わっている方だ。その母体からは子供ウッシーの脚だけが飛び出しており、そこで止まってしまったらしい。

俺が家畜ヒールを掛けると、ウッシーは一瞬だけ穏やかな表情になったが、すぐに苦しんでいる状態に戻ってしまう。

「警告。これは一刻も早く、子供を外に出す必要があります。ロープを使って子供の脚を縛り、当機体が引っ張ることを提案致します」

「よしっ、その案を採用だ！　早くロープで縛れ！」

「ロープ!?　ロープって何処にあったっけ!?　あたし持ってないわよ!?」

クルミの案を採用した俺だが、ロープが見当たらないのでモモコが取り乱した。

しかし、こんな時に頼れるのが俺たちの英雄だ。

「……アルス、任せて。これ、使う」

畑の世話をしに行っていたはずのルゥが、投げ縄を振り回しながらゲルの中に飛び込んできて、即座に子供ウッシーの脚に縄を引っ掛けた。

「クルミっ！　後は任せたぞ‼」

どの程度の力で引っ張れば母子共に無事でいられるのか分からないので、ここから先はクルミに託《たく》す。

「了解。万事お任せください。予測演算――完了。必要とされる出力を算出しました。実行に移します」

クルミは絶妙な力加減で縄を引っ張り、小気味よくスポンっと子供ウッシーの出産を成功させた。

モモコと俺は感嘆の声を上げて、クルミに惜しみない拍手を送る。

「よくやってくれたわ！　ありがとうクルミっ！」

「本当に大金星だな、クルミ。それとルゥも、駆け付けてくれて、ありがとう」

俺はルゥの頭を撫でながら、二人を労った。すると、何故かクルミが極僅かに眉を顰めて、俺にジト目を向けてくる。

「……質問。マスターは何故、ルゥの頭を撫でて、当機体の頭は撫でないのでしょうか？」

「え、いや、これは子供にやるやつだし……もしかして、クルミも頭を撫でて欲し――」

「否定。当機体の思考回路に、そのような子供っぽい考えは混在しておりません。しかし、マスターがどうしても、当機体の頭を撫でて労いたいと仰るのであれば、当機体は渋々ながらも自らの頭を差し出す所存です」

クルミは俺の推察を食い気味に否定したが、腰を落としてこれ見よがしに頭を寄せてくる。

「そんな食い気味に否定するなら、別にやらなくても――」

「マスターが、どうしても、当機体の頭を撫でて労いたいと仰るのであれば、当機体は渋々ながらも自らの頭を差し出す所存です」

クルミは再び食い気味に俺の言葉を遮り、それから圧を掛けるように頭を押し付けてきた。

彼女の功績は大きいので、別に頭の一つや二つ、幾らでも撫でてやるのだが……こいつ、本当に面倒くさい奴だな……。撫でて欲しいなら撫でて欲しいって、素直にそう言えよ。

――ウッシーの出産が無事に終わった日の夜。

俺たちは出産記念日として唐揚げパーティーを行い、食後に新たな甘味であるヨーグルトの実食を行っていた。

モモコ印の牛乳と乳酸菌を使って作ったヨーグルトは、そのまま食べても味わい深い甘みと酸味がある。

しかし、俺はこれだけでは満足出来ずに、ジュエルハッチーの蜂蜜を入れるという悪魔的な発想によって、ヨーグルトを更に美味しくしてしまった。

舌を大いに刺激する蜂蜜の甘さは、ヨーグルトの仄かな酸味によって随分と軽減された。

それはまるで、今までツンとしていた気高い女王様が、下々の民におずおずと歩み寄ってくれたかのような、とても微笑ましい変化に感じられる。

下々の民は気高い女王様が近付いてきたことで、次々と彼女の新しい魅力に気が付き、自分たちが女王様をお支えするのだと、気持ちを一つにした。

こうして、気高い女王様と下々の民は、完璧な調和を以て共に歩んでいく。

これが、宝石のような輝きを放つ千年王国の始まりだった。

「質問。マスター、蜂蜜が『幸せの味』であれば、それ以上の甘味に昇華した蜂蜜入りヨーグルトの味は、どう表現すれば良いのでしょうか？」

俺が頭の中で、自分でもよく分からないナレーションを流していると、無表情で黙々とヨーグルトを食べていたクルミが、ふとそんな質問を投げ掛けてきた。

「どうって言われてもな……。まあ、一段上の味ってことで、『超幸せの味』なんてどうだ？」

「むっ、主様！　それは芸がないのだ！　我としては『天上天下《てんじょうてんげ》、唯我独尊《ゆいがどくそん》の味』の方が良いと思うのだぞ！」

俺が出した案に、アルティが対案をぶつけてきた。

俺はアルティの案を0点《ゼロ》だと思ったが、ピーナはキラキラした眼差しをアルティに向けている。

「流石はアルティだッピ……！　やっぱりドラゴンだから、カッコイイ例えを思い付くのが得意だッピね……!!」

この場にいる大半の者は、アルティの本来の名前――『アルティメット・パーフェクト・なんとかドラゴン』を格好良いと絶賛する感性の持ち主なので、モモコとルゥも同調するのではないかと俺は思った。

だが、意外にもモモコはアルティの案に不満げな様子を見せて、自らの案を口に出す。

「この柔らかくて優しい味の例えに、アルティの案は尖り過ぎでしょ……。あたしなら、『仲良しの味』がいいと思うわ。こんなにヨーグルトと蜂蜜の相性が抜群《ばつぐん》なんだから、ピッタリでしょ？」

「おお、今日のモモコはセンスがいいな。その表現が一番好きかもしれない」

「好きっ!?　アルスがあたしを好き!?」

「表現な、表現」

俺が自分の案を引っ込めてモモコの案を支持すると、モモコは得意げに胸をポヨンと弾ませて、にんまりと笑みを浮かべた。

これでモモコとアルティの案が、同数の支持を集めたことになる。

クルミはルゥに顔を向けて、更なる案を貰おうとしたが……ルゥはヨーグルトの最後の一口をじっくりと味わってから、まるでアカシックレコードに接続してしまったかのような顔をして、ぽつりと呟く。

「……美味。それが、全て」

余計な例えなんて必要ない。と言わんばかりのルゥの物言いに、クルミは『なるほど』と頷いてから——熟考の末、モモコの案を採用してデータベースに記録した。

所有者権限を持っている俺の考えを尊重したのか、それとも『仲良しの味』という表現がクルミの感性にヒットしたのか、そこは聞かないでおく。

……ただ、後者であれば、何だか微笑ましいなと、そう思った。

——ヨーグルトの実食をした次の日。

昨日の不穏な空模様が嘘だったかのように、今日の空は晴れ渡っている。そんな快晴の青空の下、俺たちの牧場には朝早くから来客があった。

「ごめんくださいなのですぅ！　アルス様ぁ！　商談に来たのですよー！」

それは、綿菓子のようにモコモコしている白い髪を持つ羊獣人の少女で、円らな黒い瞳がチャームポイントの駆け出し商人、メルだった。

メルが着ている深緑色の旅装束には何度も補修した跡があり、服に縫い付けられている秤のマークは銅色なので、あんまり稼げていない商人だと一目で分かる。

だが、メルはどんな仕事にでも誠意を以て対応してくれるので、俺は結構気に入って懇意《こんい》にしていた。

「商談は大歓迎だ。肉はいつも通りの値段だけど、最近は作物が大豊作だから、そっちは大安売りの真っ最中なんだ。クルミ、試供品のナスを持ってきてくれ」

俺はメルを出迎えて一緒に来客用のゲルへ向かい、クルミにナスを持ってくるよう頼んだ。

牧場の畑で育てている作物が異常な成長を遂げて、今や『大豊作』という言葉ですら生温《なまぬる》いほどの飽食状態になっているので、最近は全長一メートルのナスやキュウリを通常サイズと同じ値段で販売している。

ギャルに貰った『緑の手』という加護と、ミミズを解体した際に得た沃土を錬金術でパワーアップさせた『沃土＋10』。この二つを併用すれば、飽食状態はいつでも意図的に発生させられるので、俺としては常に大安売りでも構わない。

しかし、そんな市場の価格破壊に繋がることを続けていると、イデア王国で暮らしている農家の人たちが困ってしまうかもしれないので、折を見て程良い価格に変えるつもりだ。

「――報告。マスター、ナスを持って参りました。こんなこともあろうかと、当機体が気を利かせて艶々《つやつや》に磨いておいたナイスなナスです」

クルミが巨大なナスを両腕で抱えながら戻ってきた。そのナスは表面が光を反射するほど磨き抜かれており、食べるよりも飾っておく方がいいのではないかと思わせる芸術的な仕上がりになっている。

「なっ、なんなのです⁉　ナイスなナスが喋っているのですよ⁉」

ナスが大き過ぎてクルミの姿が見えないので、これではナスの化物が喋っているように見えてしまう。

メルは驚愕して後退りしたが、ナスの後ろからクルミがひょこっと顔を覗かせたことで、事態を把握してナスに近付いていく。

そして、においや手触りをじっくりと確かめて、これは良いものだと確信したのか、深々と頷いた。

「本当に見事なナスなのですぅ！『ナイスナス』としてブランド化したら、お貴族様に高値で売れそうな気が……」

「いや、売り物はこんなに艶々じゃないけどな……。とりあえず、味は保証するぞ。買っていくか？」

「ハイッ！　買わせて貰うのです‼　荷車いっぱいに積み込んで貰いたいのですぅ‼」

メルの相棒で荷車を牽引している子馬のポニーさんが、帰り道で随分と苦労しそうだ。俺はサービスとして、牧草を適当に引っこ抜いて持ち帰ってもいいと伝え、今回の商談を終わらせた。

ここからは貴重な情報収集、もとい世間話の時間に移る。

「メル、最近のイデア王国はどうだ？　何か変わったことがあったら、教えて貰いたいんだが……」

「あっ、それなら大きな事件があるのです!!　何故か最近になって、国中で魔物の被害が多発しているのですよ！　それで、このままだと食料難になってもおかしくないからと、あちこちの領主様が食料を沢山買っているのです！」

メルの話に、俺は『なるほど』と頷いてから考えを巡らせた。

食料の需要が増しているなら、塩の需要も増しているはず。俺たちは近場にあるダンジョン内の海から、塩を無尽蔵《むじんぞう》に調達出来るので、大儲けが出来そうだ。

まあ、普通に肉と作物を売っているだけでも、それなりの収入にはなりそうなので、欲張る必要はないのだが。

……それにしても、魔物の被害か。魔王が復活していると知った今では、無視出来ない話題だ。

イデア王国で多発しているという、魔物の被害が気になった俺は、メルに詳細を尋ねてみる。

「魔物の被害に関して、具体的な内容は分かるか？　人伝に聞いた曖昧な話とかでも、教えて貰えると助かる」

「ええっと、私が聞いた限りだと、イデア王国の東部ではツンツンバニーが大量発生……。それから西部では、トントン系統の魔物の上位種、セントンが同時に二頭も出現しているらしいのです……！」

質問に答えてくれたメルは、怖い怖いと言ってプルプルと身体を震わせた。

ツンツンバニーとは額から角《つの》が生えているウサギで、何故かツインテールの髪型のカツラを被っている魔物だ。

可愛らしい見た目とは裏腹に、歴とした魔物なので闘争心が高く、角《つの》を使った一撃には貫通力を高める風魔法が掛かっているため、大人でも油断すると簡単に命を奪われてしまう。

こいつは畑の作物を食い荒らすので、それがイデア王国の東部で大量発生しているとなると、食料難は確実なものだと予測出来る。何故なら東部地域は、この国の食料庫と言われるほど農業が盛んな土地なのだ。

それから、トントンというのは前世で言うところの豚のことで、セントンとは魔物化したトントンの最終進化形だと言われている。セントンの見た目は豚そのものだが、身体が超巨大で重さが千トンもあるため、その辺を闊歩されるだけでも人々の生活に甚大な被害を齎す災害級の魔物だ。

こいつは分厚い皮下脂肪を持っているので、凄まじい防御力を誇り、しかも意外と足が速く、傷付いた自分の身体を再生させるという厄介な魔法まで使ってくる。そんな魔物が二頭ともなれば、倒すのには軍団を派遣するか、あるいは伝説級の天職を授かっている者の力が必要だろう。

「――なあ、メル。突然なんだけど、俺たちの仲間にならないか？」

「ふぇ……？　な、仲間、なのです？　アルス様たちの……？　ハッ⁉　も、もしかしてっ、仲間料を私に支払わせようと⁉」

「いや、仲間になるのに料金は発生しないから。……でも、打算がないとは言わない。俺はメルに、この牧場を訪れる商人たちとの交渉を任せたいんだ」

俺はふと、思ってしまった。今でこそ、こうして自給自足の暮らしが出来ているけれど、昔はイデア王国の民の血税でいい暮らしをしていた訳だし、民が飢《う》えに苦しむようなら、助けるべきなんじゃないかって。

俺は聖人君子ではないから、自分に余裕がなければこんな考えには至らないが、今はいつでも飽食状態になれるほどの余裕がある。

ここで一つ問題になるのは、とにかく人手が足りないことだ。国中に食料を流す場合、物流を担う数多の商人たちの助けが必要になる。そんな商人たち全員と、俺一人が諸々の交渉を行うのは、物理的に難しいだろう。

そんな理由があって、俺はメルを仲間に加えたい。日常的に牧場を訪れる商人とのやり取りも、信頼しているメルになら丸投げ出来る。

俺がそれらの事情を包み隠さずに伝えると、メルは頭を抱えて悩み始めた。

「うっ、うぅぅぅん……。何だか、大役を任されそうなのですぅ……。私なんかに務まるかどうか……あのっ、そもそもっ、どうして私なのです⁉　私より凄い商人なんて、五万といるのですよ⁉」

「メルは俺が知るどの商人よりも貧乏だけど、どの商人よりも誠実で、心が貧しくない。だから、気に入ったんだ。俺は他のどんな商人よりも、メルがいい。……俺と一緒に来いよ、メル」

今回ばかりは必殺の０円《ゼロ》スマイルを使わない。俺は真剣勝負に臨む顔付きでメルを見据え、この手を差し出した。

「はぅぅ……。つ、付いていきましゅでしゅ……」

呂律《ろれつ》が回っていないメルは、ぽーっと頬を赤く染めながら、夢と現《うつつ》の間を彷徨っているような挙動で俺の手を取った。

０円《ゼロ》スマイルを使っていないのに、使った時と同じような反応になっている気もするが……何はともあれ、こうして俺たちの牧場に、新たな仲間が加わった。

――メルはこの日の内に、街から蓄財や衣類、家具なんかを運んできて、牧場で暮らす準備を整える。

「思い立ったが吉日なのですよ！　私は駆け出し商人のメル、本日からお世話になるのです！　宜しくお願いしますですっ！」

集合した牧場の仲間たちの前で、メルはぺこりと頭を下げて、元気いっぱいに挨拶した。

メルは度々この牧場を訪れていた商人なので、顔見知りも多く、あっさりと歓迎ムードで受け入れられる。この牧場でメルが生活する住居兼商店として、ゲルを新しく組み立てておいたので、彼女にはそこで暮らして貰うつもりだ。

俺たちは早速、人海戦術で荷運びを手伝っていく。

「……アルス、見て。……変なのいる」

荷運びの最中、一緒に手伝っていたルゥが俺の腕を引っ張り、ポニーさんが牽引してきた荷車の片隅を指差した。

俺がそちらに目を向けてみると——何故か、簀巻《すま》きにされている羊獣人の女性の姿が見える。

「あら～？　ここは何処なの～？」

その女性はたった今目が覚めたようで、垂れ目をパチパチと瞬かせて、緩慢な動きで周囲を見回した。

聞いているだけで眠くなりそうな声と、かなり間延びしている口調。それらはメルと似ても似つかないが、その外見はメルの十年後を思わせるものなので、もしかしたらメルのお姉さんなのかもしれない。

「おーい、メルー！　お前のお姉さん、簀巻きにされてるけど、どうしたらいいんだー？」

「あっ、それは私のお母さんなのです！『お引越しなんて～、面倒だから嫌よ～』って、我儘を言っていたので、縛って連れてきたのですよ！」

ゲルの中で家具の配置に拘っているメルに、俺が声を掛けると、メルはあっけらかんと過激な答えを寄こしてくれた。まさかの実力行使、強制連行である。

「そ、そうか……。メルは身内になら、過激になれるタイプだったのか……」

俺はメルのお姉さん、もといお母さんを見遣りながら、メルが羊の皮を被った悪魔ではないことを祈った。

エピローグ

――メルが俺たちの仲間になった日から、数日が経過した。

現時点では、イデア王国の食料事情は問題なさそうだが、復活した魔王が討伐されない限りは時間の問題だろう。だから、俺は今からでも、急ピッチで食料を生産しておこうと決めた。

しかし、このままでは食料を保存しておくための貝殻倉庫の数が、全く足りていない。戸籍《こせき》なんて存在しない世界なので、正確な国民の数は不明だが、イデア王国の人口は凡そ四千万人程度だと思う。

土地を任されている領主たちも馬鹿ではないので、俺一人が全国民の飢えに備える必要はないが……それでも、百万人くらいは助けられる用意をしておきたい。

モモコの指揮の下、毎日のようにサブマリンコッコー艦隊がダンジョンの第二階層で戦果を上げているが、今のところ、その戦果の中に貝殻倉庫は四つしかなかった。

しかも、一つはゼニスに譲ったので、現在この牧場にある貝殻倉庫は三つだけ……。これでは百万人を助けることなんて、夢のまた夢だろう。

ダンジョンに送り込んでいる軍鶏たちの中には、お宝や獲物の輸送に特化しているペリカンもいるので、以前よりもずっと効率良く戦果を集められているが……もう一つくらい、劇的な効率の向上に繋がる要因が欲しい。

「この林檎っ、とっても美味しいのですよ！　この味で、この大きさ……これなら銀貨三枚で……!!　いえ、でも、高過ぎると一般家庭に売れないから……消費者の需要があんまり……」

朝食時。俺たちは食後のデザートとして、巨大な林檎を食べていた。そんな中で、最近は朝食を共にしているメルが、職業病なのか林檎の品定めを行っている。

皆一つの林檎を分け合って食べているが、それでも元々が直径五十センチもある林檎なので、量がとても多い。そして、これほど巨大な林檎なのに、食いしん坊なルゥとアルティは丸々一個ずつ食べている。

「……美味。ルゥ、もう一個、食べられる」

「ルゥがもう一個食べるなら、我だってもう一個食べたいのだぞ！」

二人とも食べ方が下手なので、顔も服も果汁でベタベタだ。下級魔法で綺麗に出来るとはいえ、服は汚していると傷《いた》んでくる。……出来ることなら、衣類も自給自足にしておきたいな。

現在は若草色の民族衣装か、商人から買う麻布を適当に縫い合わせて作った服、それとモモコが愛用している牛柄白黒模様のワンピースくらいしか着るものがない。そろそろ衣類を充実させてもいい頃だ。

「――と、いう訳で、俺たちの当面の目標は、ダンジョンの産物、特に貝殻倉庫を効率良く集める方法を探すことと、衣類の自給自足を始めることの二つに絞ろうと思う。異論がある奴はいるか？」

俺が頭の中で纏めていたことを説明して、具体的な方針を打ち出すと、特に異論もなくみんなに受け入れて貰えた。

「あたしはいいと思うわよ。もっと貝殻倉庫を集めたいなら、パックンシェルを沢山倒せばいいのよね？　それなら、サブマリンコッコーを増やすのが手っ取り早いわ」

「うーん……。サブマリンコッコーはコストがかかるから、少しずつしか増やせないんだよな……。まあ、それが効率を上げる一番の近道だって可能性は、否定出来ないけど」

モモコの堅実な提案は至極真っ当で、俺も当然のように考えていたことだが、飛躍的な効率アップには繋がらない。

「ピー……。ボク、最近はいっぱい戦う練習してるけど、まだまだ海では活躍出来そうにないッピよ……」

ピーナが肩を落として、今の自分では力不足だと落ち込んでしまう。

ここ最近、ピーナは午後になると、一人前の戦士になるべく鍛錬に励んでいた。俺としては、コケッコーの世話をして貰えるだけでも十分に助かっているのだが、向上心があるのはいいことだ。

ここで、静かに林檎を食べていたクルミが、スッと手を挙げて自分に注目を集める。

「提案。当機体をダンジョンへ送り込むというのは、如何でしょうか？　当機体は防水仕様ですので、海中でも問題なく活動することが可能です。マスターがご所望の戦果を軍鶏たちよりも効率的に集めて参りましょう」

「む……？　へ、変なのだ……。我の記憶では、クルミの肩書は『胡桃割り人形』だったはず……。胡桃割り人形とは、一体……？」

アルティが難問にぶち当たった哲学者のような表情で首を傾げたが、その辺りは全て『ファンタジーだから』という一言で片付けるべきだ。深く考えると、頭が痛くなってしまう。

「クルミは替えが利かないから、その提案は却下だな」

これは言うまでもないことだが、俺は『命』というものが平等だとは思っていない。軍鶏たちも大切だけど、あいつらは替えが利くからこそ、危険なダンジョンへと毎日送り出しているのだ。

俺がクルミの提案を素気なく突《つ》っ撥《ぱ》ねたところで——ふと、メルが瞳を輝かせながらソワソワしていることに気が付いた。

「メル、どうかしたのか？」

「はぅっ！　あ、あのっ、アルス様っ！　服作り！　服作りの責任者は、この私に任せて貰えたりっ、しないでしょうかなのです!?」

「落ち着け、声が上擦っているぞ。どうしてそんなに熱心なのか分からないけど、やってくれるならメルに任せるよ。……まあ、衣類の自給自足は焦る必要がない目標だから、ゆっくりやってくれればいい。資金なら好きに使ってくれ」

まずは服作りに使う生地の生産から始める必要があるので、その辺のことに詳しくない俺は、メルに全てを丸投げすることにした。

この後、メルが服作りに熱心な理由を興味本位で尋ねてみると、メルは自分の服飾店を持つことが昔からの夢になるほど、服作りが大好きだという。

「アルス様！　服作りと言えばシープなのです！　あの家畜を仕入れても宜しいのです⁉」

「ああ、別に構わない。ただ、シープの面倒を見るのも任せるからな」

メルが早速、シープという家畜を購入してもいいかと聞いてきたので、俺は快く許可を出しておいた。その家畜は何の意外性もなく、前世で言うところの羊である。

「ねぇ、アルス。ウッシーも順調に繁殖するって分かったし、新しい家畜を増やすなら人手も増やした方がいいと思うわよ？」

モモコにそう指摘されて、俺は確かにその通りだと頷く。問題は人手の増やし方だ。

「人手か……。どうやって増やすかな……。一番簡単なのは奴隷を買うことだけど、俺は奴隷制度って苦手だから……」

奴隷制度はこの世界だと馴染《なじ》み深いものであり、イデア王国だと奴隷の扱いもそこまで酷いものではない。

だが、それでも俺が持つ前世の記憶、前世の価値観が、『奴隷制度』という字面に忌避感を抱かせる。

街や獣人の集落から仕事として人を雇うという手もあるが、これだと雇われた者たちは俺の家畜という判定にならないので、怪我や病気をしたときに家畜ヒールで治せない。

それに、第九の牧場魔法で情報も調べられないし、第十の牧場魔法で俺に加算される能力値も増えないので、出来ることならきちんと牧場の一員としての労働力が欲しい。

俺の心情的には、人手を増やすなら狼獣人の集落を吸収したい。彼らはルゥに逆らうことの愚かさを誰よりも理解しており、しかも多くの食べ物を供給出来る俺に敬意を払ってくれる。

そんな彼らが牧場の仲間になってくれたら、きっと上手くやっていけるだろうし、狼獣人の集落を吸収するということは、結構な数の牛獣人と羊獣人も同時に仲間に出来るということだ。

……でもなぁ、彼らには今までお世話になっていたので、ルゥの存在を前面に押し出して力尽くで吸収するのは、流石に良心が咎《とが》める。

狼獣人は独立独歩で生きていけるし、穏当な手段で俺たちの牧場に吸収するのは難しいかもしれない。この件は一旦、保留にしておこう。

「……アルス。林檎、食べ終わった。……種、埋めてくる」

俺が考えを纏めていたところで、林檎の種を持ったルゥが声を掛けてきた。

林檎の種は緑の手を持つ俺かルゥが、沃土と一緒に埋めて水遣りをすると、あっという間に立派な果樹へと成長する。

この不毛の大地に林檎の森が生まれる日は、そう遠くないだろう。

月が導く異世界道中
Tsukiga Michibiku Isekai Dochu
あずみ圭
Azumi Kei
1~18
8.5
シリーズ累計
350万部
(電子含む)
の超人気作!
TVアニメ 第2期
2024年1月から
2クール
放送決定!
月が導く異世界道中
あずみ圭
なんでだろう
親の都合で異世界へ
成り上がり
ファンタジー、
読者賞受賞作!
待望の書籍化!
異世界へと召喚された平凡な高校生、深澄真。
彼は女神に「顔が不細工」と罵られ、問答無用
で最果ての荒野に飛ばされてしまう。人の温も
りを求めて彷徨う真だが、仲間になった美女達
は、元竜と元蜘蛛!? とことん不運、されど
チートな真の異世界珍道中が始まった!
月が導く異世界道中
1
あずみ圭
木野コトラ
29万部
とことん不運、されどチート!!
2期までに
原作シリーズもチェック!
漫画:木野コトラ
●各定価:1320円(10%税込)
●illustration:マツモトミツアキ
1~18巻好評発売中!!
●各定価:748円(10%税込) ●B6判
コミックス1~12巻好評発売中!

転生しても実家を追い出されたので、
今度は自分の意志で生きていきます
tensei shitemo jikka wo
oidasaretanode kondo ha
jibun no ishi de ikite ikimasu
Nagomi Fuji
著 藤 なごみ
今世でも捨てられましたが、
新しい家族と
元気いっぱい暮らします！
また追い出されたちびっ子の、
人生やり直しファンタジー！
バイト帰りに電車に轢かれて、命を落とした——はずが、目覚めると見知らぬお屋敷にいた！　どうやらここは異世界で、赤ちゃん・アレクとして転生したらしい。前世では実の母に捨てられ苦労した分、今度は自由に生きたい。そう考えたアレクだが、今世でもまた捨てられる運命だと知る。そこで可愛い妹分のリズと魔法を特訓し、来るべき日に備えることに！　やがて四歳を迎えたアレクは、リズと共についに森に捨てられてしまった。だけど極めた魔法で冒険者を始めたり、魔物の大群から町を救ったりと、ちびっ子二人は大活躍で……!?
●定価：1320円（10%税込）　●ISBN 978-4-434-32650-9
illustration:呱々唄七つ

辺境伯家次男は
転生チートライフを
楽しみたい
辺境伯家次男のやりすぎ異世界ファンタジー！
著 ベルピー
【創生神の加護】でもりもり成長して、
のびのび異世界暮らし！
友達はもふもふ
家族から溺愛
ひょんなことから異世界に転生した光也。辺境伯家の次男、クリフ・ボールドとして生を受けると、あこがれの異世界生活を思いっきり楽しむため、神様にもらったチートスキルを駆使してテンプレ的展開を喜々としてこなしていく。ついに「神童」と呼ばれるほどのステータスを手に入れ、規格外の成績で入学を果たした高校では、個性豊かなクラスメイトと学校生活満喫の予感……!?　はたしてクリフは、理想の異世界生活を手に入れられるのか——!?
●定価:1320円(10%税込)　●ISBN 978-4-434-32482-6　●illustration:Akaike
辺境伯家次男は転生チートライフを楽しみたい
ベルピー
【創生神の加護】でもりもり成長して、のびのび異世界暮らし！
友達はもふもふ
家族から溺愛
アルファポリス

この作品に対する皆様のご意見・ご感想をお待ちしております。
おハガキ・お手紙は以下の宛先にお送りください。

【宛先】
〒 150-6008 東京都渋谷区恵比寿 4-20-3 恵比寿ｶﾞｰﾃﾞﾝﾌﾟﾚｲｽﾀﾜｰ 8F
（株）アルファポリス　書籍感想係

メールフォームでのご意見・ご感想は右のＱＲコードから、
あるいは以下のワードで検索をかけてください。

アルファポリス　書籍の感想　検索

ご感想はこちらから

本書は Web サイト「アルファポリス」（https://www.alphapolis.co.jp/）に投稿されたものを、
改題、改稿、加筆のうえ、書籍化したものです。

ぐ～たら第三王子《だいさんおうじ》、牧場《ぼくじょう》でスローライフ始《はじ》めるってよ 2

雑木林（ぞうきばやし）

2023年　9月　30日初版発行

編集ー矢澤達也・八木響・芦田尚
編集長ー太田鉄平
発行者ー梶本雄介
発行所ー株式会社アルファポリス
〒150-6008 東京都渋谷区恵比寿4-20-3 恵比寿ｶﾞｰﾃﾞﾝﾌﾟﾚｲｽﾀﾜｰ8F
TEL 03-6277-1601（営業）　03-6277-1602（編集）
URL https://www.alphapolis.co.jp/
発売元ー株式会社星雲社（共同出版社・流通責任出版社）
〒112-0005 東京都文京区水道1-3-30
TEL 03-3868-3275
装丁・本文イラストーごろー＊
装丁デザインーAFTERGLOW
印刷ー中央精版印刷株式会社

価格はカバーに表示されてあります。
落丁乱丁の場合はアルファポリスまでご連絡ください。
送料は小社負担でお取り替えします。

ISBN978-4-434-32652-3　C0093